Luca Antonelli Castellucci

25 casi umani
(tratti da una storia quasi vera)

Prefazione

Prima una piccola premessa, se pensate che questo libro sia il classico libro di barzellette tornate in libreria o ovunque l'abbiate comprato perché non ha nulla a che fare con esso, magari fate ancora in tempo a farvelo cambiare.

Il commento più bello che ho ricevuto dalla prima persona che l'ha letto è stato "spero che almeno ti sia divertito tu a scriverlo perché se deve divertirsi il lettore, addio" benissimo. Vorrei dire a mia discolpa che non è facile scrivere un libro, specie se non sai nemmeno di cosa scrivere e se, a scuola, eri uno di quelli che *doveva* copiare per fare un tema di quattro pagine. La maggior parte delle persone che conosco fanno fatica a leggerlo un libro, figuratevi a scriverlo. Per cui la domanda principale di chi si accinge nella missione dello scrivere un libro dovrebbe essere "cosa voglio raccontare?" e soprattutto "per chi lo voglio raccontare?". Ecco, questo libro vuole raccontare 25 casi umani che a ognuno di voi sarà capitato, capita o capiterà di incontrare lungo il vostro cammino. Sono accuratamente descritte venticinque (che diventeranno molte di più tra le pagine) tipologie di personaggi realmente esistiti, e sono talmente veri, strani e bizzarri da risultare spesso irreali; tuttavia fanno tutti parte della nostra quotidianità più di quanto possiamo immaginare. Perché non è tanto importante ascoltare quello che gli altri hanno da dire, bensì è lo saper osservare quello che accade intorno a noi, quello sì che fa la differenza. Ricordatevi che ogni riferimento a persone o fatti realmente accaduti che sarà citato in questo libro è puramente voluto e non casuale. Buona lettura, e non prendetevela se vi rivedrete in uno o più di questi 25 casi umani, questo libro è tratto da tante storie vere, e per la prima volta, voi, tutti voi, sarete gli assoluti protagonisti.

1. La coppia

Ho deciso di partire con la coppia per un motivo. Perché tutti quelli che conosco che sono stati a single a vita (a loro dire per scelta) una volta fidanzati e sistemati, non solo sparivano come fossero stati rapiti dagli Alieni, ma mettevano su un atteggiamento da "*te non sai chi sono io*". Ecco, vorrei capire perché, una volta che uno si fidanza diventa un totale rincoglionito. Tra quelli che, dopo quindici anni di fidanzamento, sentono ancora la necessità di limonare in pubblico per far sapere anche ai lampioni della piazza che stanno insieme, a quelli che si fidanzano solo perché quando tornano a casa la sera almeno possono parlare con qualcuno che non sia il pesce rosso. Ma andiamo con ordine. Quelli che limonano (alias slinguazzano) ancora nella pubblica piazza dopo quindici anni sostanzialmente lo fanno per tre motivi:
1° Perché non hanno nient'altro di meglio da fare, e anche qualora avessero di meglio da fare preferiscono limonare in piazza.
2° Perché non hanno ancora trovato uno/a che limoni meglio e/o che abbia una casa di proprietà dove limonare in pace.
3° Perché i genitori con i quali ancora vivono, non li vogliono tra le balle in casa e quindi devono accontentarsi delle panchine della piazza.
Quindi, in sostanza, quelli che limonano in piazza, poveretti, non solo non hanno di meglio da fare, ma devono pure subirsi di tanto in tanto la dissenteria dei piccioni, pure loro disgustati da tutto quello sbaciucchiarsi avidamente, e che, anche potendo espletare le loro funzioni fisiologiche altrove, decidono deliberatamente di fargliela in testa, sottolineerei giustamente. Tranquilli però, lui pulirà la testa di lei con il fazzoletto che gli aveva donato il nonno (che nel frattempo non c'è più) durante la prima comunione, e ripartiranno di lingua. Poi ci sono quelli che si fidanzano con chicchessia perché non hanno trovato di meglio, pertanto hanno preso su quello che passava il convento. Molti di questi casi, ad

esempio, si verificano quando entrambi i rappresentanti della coppia superano vistosamente i 150 chilogrammi cadauno. Allora, avendo la stessa scelta di un tacchino il giorno del ringraziamento, finiscono per trovarsi, spesso tramite chat online, un fidanzato/a. La cosa splendida in tutto ciò è che, nelle foto dei profili della suddetta chat, lui è Brad Pitt e lei Angelina Jolie. Nonostante questa clamorosa quanto improbabile messa in scena la cosa fantastica è che quando si incontrano nella realtà si piacciono, e sapete perché? Perché era quello che entrambi sapevano e speravano, anche perché, siamo onesti, se tu sei Big Jim e ti spacci per Richard Gere in American Gigolò, se lei fosse veramente Sharon Stone di Basic Instict quando ti vedrà cosa ti direbbe? Direbbe -ma che fine ha fatto Richard? Te lo sei per caso mangiato con la limousine e tutto il resto? -. Invece, essendo anche lei uscita da un romanzo di Ernest Hemingway chiamato *"il vecchio e il mare"* no scusate, quello era per un altro capitolo, il romanzo che volevo citare è ovviamente "*Moby Dick*" non potrà certo indignarsi per il tuo evidente squilibrio alimentare. Quindi quando ti vedrà, sorriderà e ve ne andrete a prendere un cheeseburger mano nella mano, e senza saperlo sarete già pappa e ciccia. Ci sono quelli invece che stanno insieme dalla prima elementare, e lo fanno un po' per entrare nel Guinness dei Primati (Primati, sì come le scimmie, ma intendo quelle del Giurassico) un po' perché ormai le relative famiglie hanno un grado di aspettativa pari al tacchino il giorno del ringraziamento (lo so, l'ho già detto ma mi piace un casino la metafora del tacchino). Forse si amano veramente, o forse, in seconda elementare, dopo ben un anno di mano nella mano, lei aveva già deciso il giorno delle nozze, il colore del vestito (suo e di lui) i nomi e soprattutto il sesso dei figli, e lui, essendo già un essere sottomesso per natura in quanto uomo, si preparava già mentalmente ad una vita di gite all'Ikea, film d'amore e pomeriggi con le amiche di lei. Poi dicono che gli uomini diventano gay… eh, provateci voi a subire dalla prima elementare sapendo che vi toccherà farlo per i restanti 80, o se vi va bene, almeno 50 anni. Quella che ha a fianco non è una donna, è un prototipo di Hitler senza baffi (almeno finché non avranno figli, dopo sarà un Hitler con i baffi di Stalin) che lo comanda a bacchetta, da subito e per sempre. Così si passa dal -passami la gomma!!!- al -passami a prendere alle sei!!!- al -cosa?!? Vuoi andare a vedere la partita dai tuoi amici e io cosa faccio stasera???- e non basterà la sua risposta che farebbe commuovere perfino la statua in marmo di Attila il distruttore -ma amore, Paolo ha perso il lavoro, gli hanno investito il cane, suo padre è gravemente malato, gli hanno rubato la macchina e sai, tra il mutuo e tutto il resto, avrebbe bisogno di un amico con cui sfogarsi-. Nonostante fino alla storia della macchina a lei fosse fregato di Paolo quanto della partita stessa, la parola Mutuo scardina nel suo cuore di pietra un'apertura insperata. Perché sì, dovete sapere che per le donne la parola Mutuo equivale a quella Dio, nulla viene prima, se c'è il Mutuo si annullano compleanni, vacanze, cene, vestiti, sesso, cibo, qualsiasi cosa, il Mutuo prevale nella testa delle donne su tutto. Occhio a voi, perché se guadagnate anche 5.000 € al mese ma avete un mutuo da 500 € e volete comprarvi un paio di scarpe da 100 € vostra moglie vi dirà -ecco, sempre lì a sperperare dei soldi, ricordati che il primo del mese c'è il Mutuo da pagare e bla bla bla-. Non serviranno a nulla la tua Laurea alla Normale di Pisa e le tue rassicurazioni, figlie di immensi calcoli matematici fatti su otto fogli di Excel e conseguenti algoritmi per dimostrarle che quelle scarpe puoi permettertele, no. Perché lei ha una laurea in Economia Domestica e i suoi conti della *serva* alla fine saranno sempre più esatti dei tuoi, come tutto il resto d'altronde. Tornando al nostro amico, che con la parola Mutuo aveva ottenuto la speranza di avere un lasciapassare per una serata libera, la risposta di lei sarà -va bene, se è per il Mutuo và bene, puoi andare, ma alle seguenti condizioni- e qui si apre una lista che a confronto quella di Oscar Schindler era corta, e in sostanza di poca importanza. Il nostro eroe, udirà frasi del tipo -però io poi esco tutte le sere la prossima settimana perché ho yoga, il corso di cucina, Zumba e l'aperitivo con le compagne di classe dell'asilo, delle elementari e delle medie- e -visto che esci mi vai a fare benzina nella macchina- e -però non fare tardi- come se decidesse lui l'orario in cui finisce la partita tra l'altro. L'ultima, ma non meno importante, coppia è formata da quelli che stanno insieme per convenienza reciproca. Si sono conosciuti una volta in un locale, avevano passato i 35/40 d'età, e per ragioni, a volte economiche e altre ludiche, ma il più delle volte per combattere la solitudine che avanza, decidono di stare insieme. Non hanno molti interessi in comune, o meglio, uno ce l'hanno, entrambi escono il venerdì sera da soli, con i rispettivi amici. Insieme fanno un sacco di aperitivi fuori con gli amici, vacanze con gli amici, cene con gli amici, alcuni vanno perfino a letto con gli amici. Però poi volete mettere quando tornano a casa la sera, hanno qualcuno a cui chiedere -com'è andata oggi? - e sentirsi dire -bene, a te? -…-bene-, salvo poi proseguire la serata facendosi ognuno i rispettivi cazzi propri. A volte copulano pure, perché dopo vent'anni in cui lei si è stufata di darla al primo ubriacone che le faceva le avances in discoteca, e lui di pagare da bere per farsela dare dalla prima gallina ubriaca in discoteca, ora, finalmente non hanno più bisogno di tutto quel teatrino e possono lasciarsi andare anche senza l'ausilio dell'alcool. Alle volte, da queste pseudocoppie, ci scappa pure un figlio, non voluto eh, sia chiaro, e i due hanno finalmente una nuova ragione di vita. Infatti, questo nuovo e gioioso avvenimento nella loro vita di coppia comporterà dei significativi e radicali cambiamenti. Trovare un nonno disponibile a cui lasciare il bambino il venerdì sera per poter uscire a fare degli aperitivi con gli amici sarà il primo, trovare degli amici con figli piccoli con cui andare in vacanza sarà il secondo, trovare un animale domestico (solitamente un cane di piccola taglia, o nei casi dei più facoltosi un Labrador) per completare il quadretto e sembrare una vera famiglia del Mulino Bianco, il terzo e ultimo problema da risolvere.

"Non è che sono contrario al matrimonio; però mi pare che un uomo e una donna siano le persone meno adatte a sposarsi"
Massimo Troisi.

2. I genitori

Esiste una strana condizione nel genere umano, quella che trasforma persone normali, o meglio dire comuni, perché normali è un concetto che già di per sé andrebbe giustificato, in supereroi, ed è quella di diventare genitori. Già, genitori, questa parola che piace tanto alle coppie di oggi che sfoderano i propri figli come facevano i ricchi proprietari terrieri con i buoi. Giovanni Verga nel 1880 scrisse *"La Roba"* ma se il buon Giovanni fosse vissuto nel 2022, oggi l'avrebbe rivista così "*Questo figlio di chi è? Di Mazzarò. E quello? Di Mazzarò. E quell'altro? Di Mazzarò."* E via così per tutta la stesura delle Novelle Rusticane. Dicevamo, oggi fare figli è diventato più che altro una moda, un po' come bere il Franciacorta o il Gin Tonic, è un codice etico, è un modo per urlare al mondo "*anch'io sono capace di fare un figlio*". Tra pressioni di parenti, amiche di lei, compagne e ormoni ci si ritrova a fare dei figli senza nemmeno sapere perché o, in alcuni casi, come. Un po' nello stesso modo in cui il povero Giuseppe, rincasando una sera dalla bottega da falegname si trovò con una bocca in più da sfamare solo per aver usato una sega. Lui poi, c'è da dire che fu anche fortunato visto che il figlio imparò da solo a moltiplicare pani e pesci, a tutti gli altri invece, negli anni, si sono moltiplicate solo le rate dell'asilo. Così, una volta dati alla luce questi poveri esserini frignanti si trovano messi al mondo un po' per vanità dei propri genitori, un po' per noia, un po' per essere mostrati a parenti ed amici come fossero trofei di caccia. Conosco persone che hanno fatto figli solo perché altre coppie di amici avevano avuto figli (non lo ammetteranno mai, ma vi giuro che è vero), altri che esattamente a nove mesi dal matrimonio, taac, sfornavano più puntuali che un giapponese pignolo con in testa un orologio da taschino svizzero. È a quel punto che arriva puntuale il solito messaggio scontato da parte di lui, perché lei in quel preciso momento ha, diciamo da fare, che recita più o meno così "*e' nato*

Gino (nome di fantasia) pesa 3,5 kg, è lungo 48 cm, lui e la mamma stanno bene" e fin qui tutto normale. Ma ci sono sempre quelli che, seppur genitori da un minuto, si sentono gli unici al mondo ad aver avuto figli e pertanto devono dare più informazioni per far capire agli altri, che magari di figli ne hanno già avuti sei e il più grande nel frattempo insegna al Cern di Ginevra, cosa sia un bambino. Così, oltre al già detto, nel messaggio troverete anche "*ha due gambe, due braccia, due occhi, un naso e una bocca"*, qualcuno scrive anche che "*il travaglio è durato 3 ore, poi in 10 minuti l'hanno tirato fuori, era tutto pieno di sangue, poverino; prima è uscita la testa, poi tutto il resto... com'è piccolino, ah, P.S. si vede anche il pistolino"*. Pistolino o no, converrete con me che ci sono dei veri e propri Alessandro Manzoni dei messaggi per la nascita dei propri figli, gente che pensa che fino a ieri tu ignorassi come fosse fatto un bambino, perché, anche se non ne avevi non potevi mai averne visto uno prima del suo, e magari stavi benissimo lo stesso. Poi, per i primi mesi è tutto bellissimo, i neonati dormono nelle loro culle/ovetti/dondolini/passeggini/lettini la mamma è a casa tutto il giorno per qualche mese, in alcuni casi per qualche anno, in altri casi per sempre, il padre gira con la foto del bambino da mostrare con orgoglio a tutti, e tutto va bene, benissimo, alla grande. Mentre i bambini crescono le mamme documentano il tutto giornalmente con foto condivise su Facebook e social vari, decantando le capacità nel fare "la caccona" dei propri figli, o di vomitarsi addosso un minuto sì e l'altro pure. Spesso queste collezioni di foto vengono accompagnate da commenti che sfiorano il patetico "*l'amore della mamma*", "*il mio cucciolo*", "*il mio tesorooooo*" neanche le neomamme fossero Smigol del Signore degli Anelli, anche se in certe espressioni facciali mentre si fanno il selfie con la bocca a culo di gallina sono molto, ma molto peggio. Nel frattempo, questi animaletti da Social Zoo iniziano a crescere e cominciano le nottate in bianco (non per me, io non ne ho mai fatta una perché io sono mezzo sordo, e interamente sfaticato) ma per donne tipo mia moglie, che non sono donne, sono sante. Così iniziano i tweet alle 4 della mattina tipo "*non dorme, ma noi teniamo duro*" e tu vorresti rispondere "*grazie al cazzo che tieni duro, è tuo figlio cosa fai lo tiri giù dalla finestra?*" e invece leggi commenti come "*poveri!!! Siete proprio dei grandi*" o "*non so come fate*" ooohhh, chissà come faranno, lei non fa un cazzo tutto il giorno, se anche sta due ore sveglia la notte chissà mai… nemmeno fosse in trincea sulla spiaggia di Omaha durante il D-Day sotto le bombe tedesche. Lo pensi ma non lo dici, no eh, non si dice, si dice "*bravi, poverini, dev'essere dura*". Poi quando alla prima cena con i neo genitori senti parlare solo di pannolini, di baby dance, di poppate, di peso del bambino, di visite dalla pediatra, di Peppa Pig (accidenti quanto mi stava sul cazzo quel maiale) di cosa fanno gli amici che hanno dei figli etc. etc. etc. che quando passa il cameriere dici -il conto!!!- -ma scusa siamo ancora al primo- dice il neo genitore, e allora accampi tutte le scuse del mondo -mi sono ricordato che alle 22 c'è il funerale di mia nonna, che ho il gas acceso e il gatto nel forno, che sotto la panca la capra campa e sopra la capra la panca crepa-… -???- ….- vabbè dai ho le convulsioni, cameriere ci diamo una mossa con sto cazzo di conto!?!-. I neo genitori si sentono un po' come i depositari ufficiali del decalogo su come crescere i figli perfetti, pertanto ti sfracellano a martellate i maroni sull'età per lo svezzamento, su come mettere i figli a letto, su cosa devono mangiare, a che ora devono dormire; e tu, tu che hai sempre fatto con il brevettato metodo del, a modi cazzo di cane, ti senti leggerissimamente in imbarazzo nel sentire tutte quelle stronzate. Dovreste vedere poi la faccia che fanno quasi tutti i neo genitori quando dici loro che hai portato i tuoi figli in paesi esotici anche se non avevano ancora compiuto diciotto anni, e non avevano sul braccio il marchio a fuoco contro vaiolo e rosolia. -Ma come siete andati in Egitto? Ma siete matti? - e tu rispondi educatamente - guarda che eravamo in un resort 5 stelle a Sharm mica a Baghdad durante la guerra- e loro -no no, io non ci andrei mai là- e grazie al cazzo, il posto più lontano dove sei stato è la pensione Marinella a

Lido di Classe, bella fatica. Quando i figli crescono poi, è quello il momento in cui i genitori fanno più danni. Ci sono quei poveri bambini che alla veneranda età di otto anni e quindici giorni hanno già l'aspettativa di doversi laureare in economia, legge, astrofisica, medicina o altre facoltà importanti perché il padre è uno stimato bla bla bla. Quelli che siccome il padre è stato un mediocre mediano di seconda categoria hanno già la pressione di dover giocare (titolari) nella Juventus, anche se odiano il calcio e lo sport in generale e potrebbero essere i nuovi Jimi Hendrix della musica, ma il calcio viene prima di tutto il resto. Qui esistono sostanzialmente due tipi di genitori, quelli che vogliono (attenzione, non ho detto vorrebbero) che i propri figli diventino dei prolungamenti della propria esistenza e che facciano esattamente quello che fanno loro, e quelli che vogliono che i propri figli riescano in quello in cui loro hanno fallito; sinceramente non so quali siano peggio dei due. Poi ci sono quelli che -farà danza perché le sue compagne di classe fanno danza- o -farà pianoforte perché la batteria fa troppa confusione-, insomma ce n'è per tutti i gusti, ma mai, o quasi, per quelli dei diretti interessati, i figli. Infine ci sono quei genitori che non si rassegnano al fatto che i loro figli non avranno per sempre due anni, e che quando avranno quarant'anni suonati gli corrono ancora dietro con la minestra nel piatto e le camicie stirate; non chiedetemi perché lo fanno, forse perché pensano di avere dei minorati mentali che senza di loro sarebbero allo sbando totale nel mondo, e forse hanno ragione. La colpa in questi casi è dei genitori incapaci di lasciare andare i figli o viceversa? Io mi sono fatto spesso questa domanda e penso che la risposta, in questi casi, è che la colpa sia sempre dei genitori. Essere genitori è bellissimo, ma datevi una calmata per Dio, i vostri figli sono vostri solo perché gli avete messi al mondo voi, ma sono individui anche loro lo sapete? hanno una loro personalità, dei sogni propri, e a volte, la volontà di farcela da soli, lasciateli sbagliare e imparare da soli, e godetevi, anche voi, un po' di più la vita, di tanto in tanto perlomeno.

"Avere bambini non ti rende un genitore più di quanto avere un piano non faccia di te un pianista"
Michael Levine

3. L'uomo del Vinitaly

L'uomo del Vinitaly (per chi ancora non lo sapesse è la più grande fiera di vini d'Italia tra le più grandi del mondo e si tiene a Verona una volta l'anno) s'alza alle 6 e 30 di mattina, molto prima di quando va a lavorare. È lunedì mattina, e nonostante abbia ancora in testa Attila e tutta l'orda degli unni che fanno baccano dentro la parte di cervello che non ha affogato nell'alcool il giorno prima durante il poker della domenica sera con gli amici, pensa "*devo andare al Vinitaly... ma porca puttana*" in quel momento avrebbe preferito gli dicessero -vai al gay pride di San Francisco senza le mutande-. Così al grido di "*io sono leggenda, io sono il Vinitaly*" si lancia per il Brennero dove, sa quando entra ma non sa quando uscirà, ma soprattutto se uscirà. Tra lo slalom gigante dei tir, cantieri vari e caprioli che attraversano, a fargli perdere tempo prezioso ci saranno anche le acrobazie in stile Lewis Hamilton della famigerata e temutissima "signora tappo". La signora tappo non è chiamata così per il tappo del vino ma è semplicemente la classica signora di mezza età che tiene in scacco come nemmeno Kasparov con il *cavallo piovra* contro Karpov nel 1985 tutta la pianura padana a suon di accelerazioni e inchiodate improvvise. Arrivato al casello di Verona Sud, glielo ricorda il cartello luminoso che dice "*benvenuto terun*" lo mandano a parcheggiare praticamente in Valpolicella; una navetta (quella di Fantozzi all'aeroporto in confronto era lo Space Shuttle) lo porterà poi, in un paio d'ore, di fronte ai cancelli del Vinitaly. Qui dei simpaticissimi inservienti con attitudini da teatro comico napoletano lo aiutano, instradando lui e tutta quella massa uniforme di esseri non pensanti verso l'ingresso principale un po' come Noè quando mandava le bestie dentro l'Arca. Nella solita fila all'italiana del brevettato metodo de "*il primo davanti e dietro tutti quanti*" l'uomo del Vinitaly cerca un pertugio per infilare il biglietto, rigorosamente a nome di un altro, dentro i fantastici tornelli che si aprono con scatti irregolari e rischiano di far saltare rotule e garretti in modalità Pasquale Bruno su Roby Baggio. Una volta dentro comincia il caos primordiale, quello che diede l'origine a tutte le cose, con gente che gira completamente a caso, smarrita e attratta come Alice nel paese delle meraviglie, cercando da bere come venisse da sei giorni di traversata del Sahara occidentale a piedi, e altri che cercano cibo in preda alla fame chimica alle 11 della mattina. Quei pochi stand che offrono due grissini rinsecchiti e un tozzo di pane raffermo vengono presi d'assalto come fecero gli orchi di Mordor all'assedio di Gran Burrone nella saga di Tolkien. Cosi, tra quelli che quando vedono che non ha il tesserino da operatore piuttosto spaccherebbero il Santo Graal che dargli da bere, come se lui fosse il classico scroccone che nemmeno paga per entrare (infatti è entrato con un biglietto omaggio), quelli che alla richiesta di un nebbiolo d'alba del 2010 tirano fuori da sottobanco il Tavernello brick del giorno prima (appositamente travasato nella bottiglia del nebbiolo per i beoni) e quelli che si fingono impegnati in improbabili conversazioni con Casper il fantasmino parlante pur di non cagarlo di striscio, finisce spesso per doversi accontentare di ciò che passa il convento. Ma lui sta entrando in modalità eroica, Attila e gli unni dopo il sacco del cervelletto hanno abbandonato la sua mente, ed è giunto il momento di invadere il Franciacorta con la stessa delicatezza e maestria di Hitler quando invase la Polonia. Qui, da vera attrice consumata si prostituisce alla pari di Valeria Marini per andare in televisione, inventa storie del calibro dei migliori fratelli Grimm pur di farsi la carrellata delle annate migliori e per lasciare i fondini ai babbei. Il problema è che in posti come il Vinitaly anche se ti piace da morire il vino e ti ritieni un discreto conoscitore, ti confronti con gente che solo guardando una bottiglia ti dice che si sente che quel vitigno è stato concimato da una mucca che per colazione aveva mangiato ghiande; e lui si sente come uno che ascolta Radio Capital con a fianco gente che ha suonato con Eric Clapton. Poi, quando gli va di culo, l'uomo del Vinitaly riesce comunque a bere degli ottimi vini, soprattutto quando si spaccia come il Geometra Calboni in Fantozzi per uno che ha conoscenze importanti, usa un linguaggio forbito, oltre a mostrare superiorità nei confronti dei colleghi e ruffianeria verso i superiori. O più semplicemente se commenta un vino che sa di rosmarino selvatico inventandosi una cazzata qualunque tipo che sembra invecchiato in un barrique castagno, umido ma secco, tenuto al sole ma all'ombra, prodotto in campagna ma in montagna, e che è stato per lungo a riposare con le figurine panini annata 81-82 di Roberto Pruzzo. A una certa ora poi inizia a confondere la Sardegna e la Sicilia, pensa che la Valpolicella sia una tipica zona del Piemonte e che il Lacryma Christi non si altro che il secondo nome del Pantheon di Roma. Ma ora l'uomo del Vinitaly è carico, è al top, continua il suo giro al ritmo di "*io sono leggenda, io sono il Vinitaly*". Ha già perso pezzi del suo gruppo originario, tra i suoi amici c'è chi va oramai a sola birra, chi a prosecco, chi a primitivo, chi diventa un primitivo, chi tira fuori un filone di montanaro dallo zaino con una zampa di cotechino con lo zoccolo e tutto il resto, e chi semplicemente sviene. Il tour si chiude, come di consuetudine in Piemonte, col suo storico tris conclusivo, Barbaresco, Nebbiolo, Barolo. Così si ritrova come per magia nelle langhe, dove per fare colpo s'inventa perfino di essere stato a pranzo in un ristorante di Alba 3 stelle Michelin (che ha visto a Masterchef) spacciando lo chef come fosse il suo migliore amico d'infanzia. Mentre si beve anche il fondino dell'ultima bottiglia di Barolo inizia a calare il sole, si è fatta l'ora di andare. È stato bravo, ha bevuto con intelligenza e dosando le forze, Attila non è tornato, ma ora è stanco, stanchissimo, otto ore dentro il Vinitaly sono pur sempre quei 50-60 assaggi di vini, e lui non è uno che sputa, i lama sputano, i sommelier sputano, lui non è un sommelier, lui non è un lama, quindi beve e soffre, in silenzio. Quei 50-60 assaggi tra il lusco e il lambrusco cominciano a farsi sentire, nel corpo e nella mente. Così, stremato da cotanta fatica, recupera i suoi amici, e varca i cancelli del Vinitaly con direzione

Valpolicella per recuperare l'auto e pensa "*no va bè dai, il prossimo anno passo, anno sabbatico dai*". E proprio mentre si allontana, convinto della sua decisone di saltare l'edizione successiva, certo di aver sconfitto il demone dall'alcool che dai padiglioni parte una canzoncina di Bruno Lauzi che faceva più o meno così: "*Ritornerai, lo so ritornerai... e scoprirai... che nulla è cambiato...*". Mentre raggiungono faticosamente l'auto ripensano alla loro giornata e quello che ne emerge è che il Vinitaly è un luogo meraviglioso, è la Disneyland degli ubriaconi, il palo della cuccagna degli scrocconi, è il mondo delle fiabe di quattro amici che marinano il lavoro di lunedì. Anche perché in giro poi c'è di tutto, l'operatore in giacca e cravatta con ventiquattrore in pelle umana, che gira col proprio sputacchiere personale, talmente preso dalla sua defezione professionale che oramai sputa anche quando beve l'acqua e si idrata solo tramite flebo. C'è la coppia di amici crucchi che gira con zaino in spalla, sacco a pelo e provviste per sei mesi come se dovessero scalare il Monte Bianco. Ci sono quelli a spasso col Labrador perché lui è da sempre un grandissimo estimatore del Nobile di Montepulciano e quindi come si faceva a non portarlo poverino? Coppie in cui lei allatta un neonato mentre seduta allo stand del Ferrari si beve tutta la riserva del povero Giulio e il lattante tra una poppata e l'altra singhiozza versi simili a quelli di Jim Morrison. Ci sono i vecchietti che svengono fuori dagli stand dopo essersi bevuti nel tempo record europeo di venticinque minuti e trentatré secondi qualcosa come vermentino, birra doppio malto, grappa invecchiata, franciacorta, barbaresco, grappa, birra nera, soave, sangiovese, birra chiara, grappa, birra scura, nocino e olio piccante. Perché poi, diciamocelo onestamente, quando la roba è gratis uno berrebbe anche cianuro liquido... E ora, i vecchietti aspettano l'auto che deve ricondurli a casa, ma soprattutto aspettano l'inesorabile e ineluttabile falce della morte nel piazzale del Vinitaly tra l'indifferenza dei passanti, in un pallido lunedì appena passate le idi di marzo al grido di
"*Tu quoque, Barolo, fili mi!*"

"Il vino è bono ma l'acqua avanza. In tavola"
Leonardo da Vinci

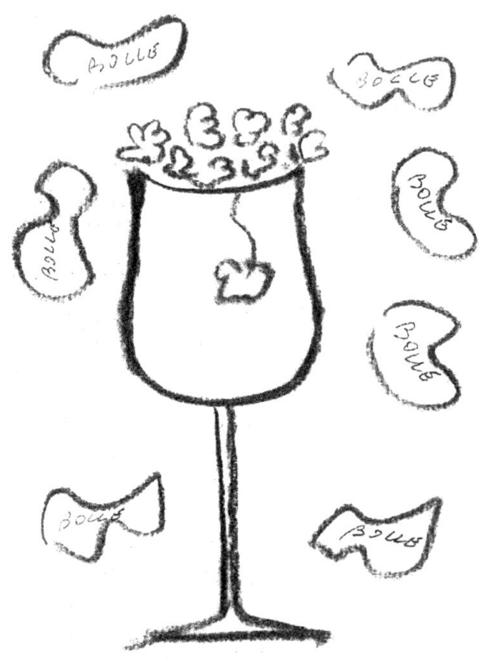

4. Lo scroccone

Esistono vari tipi di scroccone. Ecco perché dovete sempre diffidare da chi vi dice che scroccare è sinonimo di maleducazione; no, scroccare è un'arte, praticata solo dai più furbi, svelti e abili, o perlomeno, quelli che credono di esserlo. È difficile fare una classifica dei peggior tipi di scrocconi con i quali avete avuto, avete o avrete a che fare, perciò mi limiterò a sottoporvene una carrellata, lasciando a voi l'arduo compito di scegliere quale sia meritevole della medaglia d'oro e chi no. Lo scroccone numero uno, e non ditemi che non l'avete mai incontrato perché non ci crederei, è quello che vi invita a prendere un caffè, e fin qui tutto normale direte voi. Quello che non sapete è che, dal momento che è un invito si presumerebbe che il caffè sia lui ad offrirlo, invece finirete per pagarlo voi, ma questo si può anche far passare. Il vero scroccone arriva al bancone del bar e ti dice -te un caffè vero? - e tu pensi, "ah dì, mi avevi chiesto di prendere un caffè cosa vuoi che ordini una pizza?" ma ti limiti a rispondere -sì, un caffè grazie.- Bene, a quel punto lui intercede nella conversazione col barista tagliandoti di fatto fuori -allora per lui un caffè normale, per me uno macchiato caldo, non troppo caldo, con una spruzzata di cacao, zucchero di canna, miele, e un bicchiere, non quello piccolo, ma nemmeno il grande (perché il grande di solito si paga) d'acqua gasata fresca fuori frigo-. Finito un ordine che nel frattempo è diventata una commessa che nemmeno all'Ikea ricevono durante le feste natalizie lo scroccone legge la gazzetta, fa strage di arachidi, approfitta del bagno, intasca 7-8 manate di tovagliolini, e poi, una volta che si è rifocillato per bene tira fuori il suo capolavoro. Mano al portafogli e tira fuori una banconota da 200 € e la sventola in faccia al barista dicendo con evidente fenomenismo, nemmeno stesse comprando l'enterprise di Star Trek', -pago i due caffè! - e il barista risponde -sarebbero 2 €, non ho da cambiarne 200 €, non gli ha cambi? - e lui -ah no guardi, ho lasciato il portamonete a casa-. A quel punto tu, onde evitare quella spiacevole quando imbarazzante pantomima tiri fuori 2 € dalla tasca, paghi e non ci pensi più. Ora, non sono i 2 €, bensì è l'architettura che c'è dietro, è il pensiero di mettere in piedi tutta quella sceneggiata che fa dello scroccone non un semplice accattone bensì un fuoriclasse. Ogni mossa è studiata a tavolino, lui non lascia nulla al caso, l'unica cosa che lascia è una tazzina vuota di caffè è che a pagare il conto sia tu. Conosco gente che con questa scusa dei 100/200 € in pezzo unico beve il caffè al bar tutti i giorni da una vita ma non ne ha mai pagato uno. Se l'ha fatto è stato per sbaglio, perché una volta gli sono caduti casualmente due euro dalla tasca, e nonostante avesse provato a dire che erano falsi ormai il barista gli aveva messi in cassa e non poteva più farci niente. Oggi, a distanza di anni ci rimugina ancora su quella storia, non si da pace di come gli sia potuto accadere. Lo scroccone numero due è quello che io chiamo lo scroccone dei compleanni. Qui si passa a un livello decisamente più alto di scroccaggio rispetto al precedente, e può riadattare questa sua tecnica a varie occasioni, ma facciamo un paio di esempi. In tutte le compagnie, o almeno nella mia funzionava così, quando uno compiva gli anni offriva sempre qualcosa da bere, che fosse un frizzantino da 1 € al bar, un aperitivo, una birra, una bottiglia di franciacorta, ognuno offriva qualcosa in base alle proprie possibilità, e in questi casi lo scroccone era, figuratevi, sempre in prima fila; ma non solo, proponeva brindisi, acclamava il bis, faceva il trenino, tirava le orecchie e intonava "*happy birthday to you*". Tutto bello, 364 giorni l'anno lo scroccone faceva baracca con i compleanni altrui, gratis; ma poi arrivava il suo, il suo compleanno, e lì non c'era storia, lì toccava a lui offrire. Ecco, il giorno del compleanno dello scroccone, solitamente al bar non si vedeva, semmai faceva una capatina verso sera tardi, quando ormai non c'era più nessuno, se ne stava defilato in un angolo sperando che a nessuno venisse in mente che giorno era fino a quando, il barista (da attento osservatore di vicende umane) diceva -wei Gino non è mica il tuo compleanno oggi? - e tutti in coro come le pecore -ehi è vero, paga da bere Gino, dai dai che oggi tocca a te non fare mica il furbo eh-. A quel punto lo scroccone, messo di fronte alle sue responsabilità verso il collettivo e con le spalle al muro non poteva fare altro che dire -ah, va bene, una birra piccola, in lattina, la meno cara possibilmente, e... quanti siamo? 5-6-7-8, e 8 bicchieri per piacere-. Ma lo scroccone dei compleanni era presente sempre e comunque, feste, battesimi, lauree, matrimoni, cambi di automobili, acquisti di case, a volte compariva perfino dal Notaio il giorno del rogito pur di farsi offrire da bere. Seguiva perfino l'amico in concessionaria quando era ora di cambiare la macchina, perché si sa, è una regola non scritta che chi compra l'auto nuova paga da bere, e valeva per tutti, tranne che per lo scroccone, che quando cambiò l'auto disse -ho speso tutto nella macchina, non ho più un euro da sbattere, però se mi fate 10 € di benzina (a testa) vi porto al mare a fare un giro-. Poi c'è lo scroccone delle inaugurazioni. Questo tipo di scroccone infatti non si perde nessun tipo di inaugurazione, che essa sia di un negozio, di un cinema, di una libreria, ovunque ci sia un buffet, un aperitivo, una piadina con la salsiccia, qualsiasi cosa purché sia gratis, lui andrebbe anche all'inaugurazione di un cimitero a novembre se solo regalassero crisantemi. Conosco gente che alcuni giorni riesce perfino a non cenare a casa o al ristorante perché alle 17 comincia con l'aperitivo (gratis) scroccato al negozio di dolciumi; alle 18 ha un'apericena (gratis) dal meccanico, alle 19 una pizza e birra (gratis) nel nuovo locale del centro, alle 20 chiude con una degustazione di vino (gratis) organizzata dalla pro loco. Questo non è uomo, è un vero professionista, è l'ABC del vivere a scrocco, un prontuario del fare di necessità virtù. Il bello è che ovunque vada, anche se non conosce nessuno riesce ad intrufolarsi con una tale nonchalance che al confronto la faccia da culo di Leonardo Di Caprio con cui ha quasi vinto l'Oscar in Django è roba da dilettanti. Lui, lo scroccone da inaugurazioni, non guarda in faccia a nessuno, alle sagre di paese fa avanti e indietro 200 volte per lo stesso stand che taglia fettine di salame o pezzettini di formaggio sempre con la stessa frase -uhm buono, me ne fa sentire ancora? Ooohhh, buonissimo, che goduria, dopo passo eh, finisco il giro poi passo a prenderne un po' da portare a casa- ma ovviamente non passerà mai più. Lo scroccone non perde occasione per fare il pieno di qualsiasi cosa. Ho visto gente che quando regalavano il sale a Cervia per la festa del sale faceva la fila tre volte per portarsi a casa sporte e sporte di sale… cosa se ne facesse poi solo a Dio è concesso saperlo. Il famoso sale dolce di Cervia, ci sarebbe da aprire un Capitolo a parte solo su questo. Quando noi abitavamo a Cervia, in inverno quelli comune passavano la mattina a lasciare (gratis) dei sacchi da 20 kg davanti ai cancelli delle case. Il sale lo tiravamo nel vialetto e nelle scale per non farle ghiacciare e ora lo vendono a 5 € in sacchetti da 200 grammi per condire i filetti, vai te a capirla la gente. Ma torniamo allo scroccone, lui non scrocca per necessità, la sua è una missione, una questione personale, una ragione di vita, ogni giorno passato senza scroccare è un giorno perso, un giorno vuoto, sono attimi, momenti, istanti di vita preziosa sprecati. Ricordate, che sia un caffè, il fondino del cocktail in discoteca, una sigaretta, una manciata di arachidi o una sporta di sale per lo scroccone non è importante cosa scrocca, l'importante è non tirare fuori un centesimo, mai e comunque. La cosa bella in tutto ciò è che spesso si associa l'arte dello scroccare a persone che non hanno grandi possibilità economiche. L'esperienza negli anni, mi ha insegnato che non c'è nulla di più sbagliato, quasi sempre gli scrocconi sono pieni di soldi. Per un vecchio appassionato di Topolino come me, mi viene da pensare che questi soggetti abbiano preso alla lettera gli insegnamenti di Paperon De Paperoni, ovvero di uno che ha costruito una fortuna partendo dal presupposto che "*un soldo risparmiato è un soldo guadagnato*" e che il caffè è buono, ma è ancora più buono se sarai tu a pagarlo per me.

"I giovani vogliono sempre fare le barricate, ma preferiscono farle con i mobili degli altri"
Ennio Flaiano

5. Il tifoso

Il tifoso medio di calcio in Italia, e non solo, è il prototipo dell'ignoranza, passatemi il termine, io sono romagnolo e per noi ignoranza non è un termine dispregiativo, anzi, è quasi affettuoso. Diciamo che in questo caso specifico il termine ignorante vale sia nella sua forma all'italiana che alla romagnola. Il tifoso ignorante non ha un'età', o meglio, ha un'età che può variare dai 3 mesi ai 100 anni, e un tipo di ignoranza che varia in base al mese, a come sta andando la stagione e al grado di sclerosi personale che si porta dietro la domenica. Partiamo con la premessa che l'anno per il tifoso di calcio non va dal primo gennaio al trentuno di dicembre, ma da giugno (quando comincia il calciomercato) al maggio successivo (quando finisce il campionato) e come detto l'umore cambia sempre in base ai mesi. A giugno il tifoso è carico, è appena iniziato il calciomercato, i giornali sparano boiate cosmiche come *"Lionel Messi al Crotone, siamo ai dettagli"* o *"è l'anno buono del Bologna per lo scudetto"* per cui in una scala da 1 a 10 il suo umore è 800. A luglio il tifoso va in vacanza in montagna a seguito della propria squadra del cuore, porta con sé figli, moglie, cane e suocera, passa un paio di settimane a contare i chili in eccesso di Higuain anziché a farsi gli affari suoi, e a sudare ad ogni ripetuta dei suoi beniamini come se a farle fosse lui. Perché ricordate, quando il portiere para un calcio di rigore è il tifoso che lo para, quando l'attaccante segna è il tifoso che mima esultanze tipo carnevale di Rio nel salotto di casa, quando la squadra vince è il tifoso che ha vinto, e quando perde, lui, il tifoso, avrebbe fatto meglio la formazione rispetto all'allenatore. Ad agosto cominciano poi le prime amichevoli, e di solito vengono giocate contro il dopolavoro di un'azienda metallurgica/tessile, dove il centravanti avversario è tipo 70 chili sovrappeso, il terzino ha scarpe antinfortustiche e il portiere indossa i guantoni da boxe. La sua squadra vince per 28 a 0, il nuovo acquisto, tale Pipponi, ne segna 8 e subito si grida al "*Miracolo Maradona*"; il tifoso è al settimo cielo, non sta più nella pelle, altro che vacanze in Grecia, il suo posto è lì, vicino alla squadra. Dopo essersi fatto molti più giorni di ritiro dei calciatori stessi si presenta tutti i giorni al risveglio muscolare dotato di sciarpa, striscione e il coro "*questa curva non retrocede*". Poi arriva settembre, dopo le prime tre sconfitte consecutive il suo punto di vista cambia leggerissimamente, ma il tifoso si sa, è uomo storicamente calmo, pacato, colto e assolutamente razionale e prende tutto con filosofia. Alla prima occasione utile si presenta allo stadio peggio di un membro della banda Baader Meinhof, maledicendo il Presidente, la figlia dell'allenatore e la mamma del Capitano, pretende colloqui con la squadra e di interferire nelle scelte dirigenziali. Ottobre è il mese della svolta, la squadra infila 4 risultati utili consecutivi e risale la classifica, si ricomincia a respirare aria d'Europa, e tutto questo entusiasmo toglie quel poco ossigeno presente nel suo cervello. A novembre arriva l'eliminazione dalla Coppa Italia da parte di una squadra che il tifoso apostrofa come "*un branco di sfigati*" e si lascia andare alle classiche considerazioni per nulla scontate del tipo "*se giocavo io ero meglio*" e "*per 100 € al mese faccio io la punta*". A dicembre chiede ai parenti di rimandare il Natale perché nonostante la Serie A sia ferma in Inghilterra si gioca, e il tifoso, nonostante sia malato per la sua squadra del cuore, segue tutte le partite, di tutti i campionati, di tutte le categorie. Il 31 dicembre mentre la famiglia festeggia il capodanno, lui si trova con gli amici per fare il mercato di riparazione del fantacalcio. Già, perché, avevo dimenticato di dirvi che ogni tifoso che si rispetti, fa ovviamente il fantacalcio con gli amici. Questo gioco maledetto negli anni ha rovinato amicizie trentennali, fatto uscire dalle bocche di amici storici tali offese che a confronto la Prima Guerra Mondiale iniziò per molto meno, il tutto per vincere 50 € o giù di lì, e trovarsi costretti a seguire partite che nemmeno le mamme, né tantomeno le mogli degli stessi calciatori interessati guarderebbero mai. Gennaio è il mese della svolta, tutto quello fatto nella prima parte di stagione è come se si azzerasse, il tifoso ha seguito con attenzione il richiamo di preparazione e la campagna acquisti detta "di riparazione" del suddetto mese. Dei 7.432 obbiettivi giornalieri accostati alla sua squadra dai giornali, sono arrivati un giocatore di serie inferiore per giunta svincolato, e un paio di ragazzini a parametro zero, gente che nessuno voleva più, nemmeno le loro mamme a casa. A febbraio la squadra è a metà classifica e si appresta a giocare un campionato senza alti né bassi, per cui il tifoso tenta invano di giustificare la sua perdita di tempo con gli amici tifosi di squadre avversarie con frasi del tipo "*no ma io non ci guardo più, mi hanno stancato*" o ancora "*finché non vedo che sputano il sangue io allo stadio non ci vado*". Ma ormai ha l'abbonamento nel settore popolare dei distinti, ha quelli di Sky, di Premium, di DAZN di Amazon Prime, di Netflix (per guardare le serie sul calcio) perfino Skygo su tablet, cellulare, palmare, navigatore dell'auto e anche il calendario con i calciatori appeso in cucina, anche volendo, come fa? A marzo però arriva la tragedia. La moglie, ha prenotato un volo last minute per i Caraibi, e il tifoso va nel panico più totale, -e come faccio adesso? Eh, me lo spieghi?!? La prossima settimana andiamo in trasferta a Palermo e io come la guardo la partita da un villaggio a Santo Domingo? Me lo vuoi spiegare? - La moglie, che ancora non ha capito di non aver sposato un uomo ma un Orangutan (della specie poco evoluta) prova a giustificare quell'atto di poco amore verso il marito con una roba del tipo -va beh ma le guardi tutte, anche se perdi una partita, cosa sarà mai…-. Ecco, questo è proprio il tipo di frasi che il tifoso non ha mai accettato, non accetta e non accetterà mai. Non è nel suo retaggio, nonostante un paio di settimane prima avesse giurato che non avrebbe più guardato partite in quella stagione, non può accettare una frase del genere, per giunta da sua moglie, perché lei sa, lei sa benissimo cosa passa lui ogni maledetta domenica. Alla fine però si convince, parte per Santo Domingo e la prima cosa che fa è cercare un canale streaming per vedersi in diretta la trasferta di

Palermo. Purtroppo per lui è l'anticipo delle 12 e 30 e a Santo Domingo sono le 6 e 30 di mattina. Nessun problema, mette la sveglia alle 4 per seguire il pre-partita, sveglia il cuoco del villaggio per farsi preparare un piatto di spaghetti, perché a casa, in Italia, sarebbe mezzogiorno, e lui a quell'ora mangia gli spaghetti. Ad aprile la stagione della sua squadra è ormai compromessa, e al tifoso, da vero sportivo qual è, non gli resta che gufare contro le altre italiane ancora in corsa in Champions League. Pertanto durante la semifinale di coppa in cui gioca un'italiana si traveste da Ultras della squadra avversaria e si piazza davanti al televisore, sfoderando una volta in più e qualora ce ne fosse bisogno tutto il suo patriottismo. Al gol degli avversari esulta come Tardelli dopo il gol alla Germania Ovest nel mundialito dell'82' e alla fine, dopo l'eliminazione dell'ultima italiana superstite in Coppa esce da solo a festeggiare, improvvisa caroselli in piazza come se la sua squadra avesse vinto il campionato. A maggio, nonostante il campionato stia volgendo al termine, un'altra tragedia immane sconvolge la sua esistenza. L'ultima di campionato coincide infatti con la cresima di sua figlia, e allora, che fare? Il tifoso più normale presenzierebbe alla liturgia e poi, semmai, seguirebbe la diretta dal telefonino sotto al tavolo del ristorante. Ma il tifoso ignorante non può fermarsi a questo, dapprima mette pressione al prete affinché si dia una mossa con tutta la pappardella, poi organizza un rinfresco all'aperto con tanto di maxischermo e casse stile concerto dei Metallica con le quali seguire minuto per minuto ogni istante di gioco. Poi, finalmente, è tutto finito, e il tifoso può riposarsi per circa 15-20 giorni, prima dell'inizio del nuovo calciomercato, perché, come disse Rossella O'Hara in Via col vento "dopotutto, domani è un altro giorno" mentre per lui da domani è un'altra stagione.

"Il calcio è la cosa più importante delle cose non importanti"
Arrigo Sacchi

6. Lo chef

Attenzione, non sto parlando dei cuochi che cucinano per lavoro e sono riconosciuti come tali dai clienti disposti a pagare per mangiare i loro piatti. Figuriamoci se sto parlando degli chef stellati che oltre ai clienti che pagano hanno giornalisti e critici gastronomici che gli erigono a mostri sacri. No, sto parlando degli amici che si autocelebrano chef; questa tipologia rientra in uno dei personaggi più belli che si possano incontrare. Solitamente uomo, perché la donna, per natura, è cuoca; la donna prepara da mangiare tutti i giorni, lo fa per sostentamento famigliare, non perché qualcuno ne debba riconoscere le capacità, ma solo perché è donna. Questo è in estrema sintesi il pensiero degli uomini, anche in un mestiere storicamente femminile, siamo riusciti ad imporci per il nostro infinito egocentrismo e senso di superiorità assoluta che passa sopra ad ogni cosa. Alla donna è concesso cucinare dal lunedì al venerdì, perché la domenica si ordina la pizza da mangiare con la birra davanti alla partita, e il sabato sera vengono gli amici a cena, è lì, è lì che l'uomo offre il meglio di sé. Siccome ha seguito otto edizioni consecutive di Masterchef e si è sempre ritenuto migliore di tutti i concorrenti, e spesso degli stessi giudici, è lui che cucina per gli amici. Solitamente è una sindrome che arriva con la mezza età, quando il testosterone cala e si è troppo vecchi per le gare di impennate con la moto e troppo giovani per i tornei di scala quaranta. È a quel punto, che subentra nell'inconscio di quasi ogni uomo dotato di due mani capaci di non spaccare un uovo togliendolo da frigorifero, un naso e una bocca funzionanti e un briciolo di orgoglio, l'idea di soppiantare la moglie nell'unica funzione nella quale la sua superiorità non era mai stata messa in discussione. L'uomo diventa, ricordiamolo il sabato, un casalingo d'altri tempi; va a fare la spesa, apparecchia, cucina, assaggia, mette la musica, serve il vino, e poi, a fine cena, lascia un tale troiaio che nemmeno un maiale alle prese con un cocomero sarebbe in grado di fare. Non so se avete mai visto un maiale alle prese con un cocomero ma fidatevi. E chi deve pulire, neanche a dirlo è sempre la donna. Nei casi più estremi poi, questa auto divinizzazione che fa passare colui che per tutta una vita è stato capace, al massimo, di scongelare i surgelati nel microonde, a chef stellato, così passa dal dare ordini alla moglie in cucina. Lei, infatti, viene immediatamente relegata al ruolo di sous chef o aiuto chef, o, nei peggiori casi di violenza psicologica domestica a sguattera, ovvero a quella che fa tutto, senza compenso per giunta. Lui, dopo aver dato disposizioni su come tagliare le verdure, ungere i tegami, accendere il forno, pulire il pesce e gettare la pasta, si limita ad assaggiare le creazioni che ha copiato da un libro di Carlo Cracco, e pensa solo a fare il fenomeno. Non è più un uomo, è il capo, è il boss, è lo chef, è Dio. A cena con gli amici sfodera prestazioni da intellettuale culinario su cose che nemmeno sapeva esistessero prima di averle viste in televisione. Tra un antipasto a base di uova di tartaruga pluviale servite su letto di anacardi del Sud America e un Brandacujun rivisitato a modo suo, cita perle degne del grande Pellegrino Artusi. Tuttavia il nostro novello chef non è solo un grande cuoco (a detta sua) ma anche e soprattutto un grande intenditore di cibo, quello cucinato dagli altri. Comincia così a girare l'Italia in lungo e in largo alla ricerca dei migliori ristoranti stellati, perché si sa, gli chef non mangiano nelle osterie da pezzenti, ma solo in ristoranti il cui conto di un antipasto sia di almeno tre cifre. Stipula mutui con i più grossi istituti di credito, cede il quinto della pensione, rompe il salvadanaio dei figli pur di potersi permettere cene nei migliori ristoranti del Bel Paese. A cosa credete che sia dovuto il fallimento di Banca Etruria? Sono tutti i neofiti della cucina che pur di andare a mangiare da Massimo Bottura hanno chiesto prestiti che poi non erano in grado di rimborsare. Alcuni hanno provato a pagare le rate del mutuo con le foto dei piatti, ma al direttore della banca, evidentemente non è andato bene. Comunque questi chef, quando vanno a mangiare nei grandi ristoranti fanno espressioni non soddisfatte, si lamentano della lentezza del servizio, della composizione dei primi e dei secondi insipidi, il conto invece, risulta essere sempre troppo salato. Pensate che conoscevo un tale, che per una vita ha cenato con tonno in scatola e grissini, era schiavo della pubblicità del tonno che si taglia con un grissino. Sta di fatto che nonostante non fosse capace di farsi nemmeno un uovo al tegamino, all'improvviso divenne peggio di un critico gastronomico; sapete di quelli grassissimi, con la barba unta e gli occhiali appoggiati sul naso? Come mai questo cambiamento vi starete chiedendo, beh, diciamo che un giorno riuscì ad infilare un persico nel forno, tutto da solo. Nonostante il persico fosse di quelli surgelati, già impanati e che sulla scatola ci fosse scritto il tempo, i gradi, e perfino il modo in cui infilarlo nel forno, riuscii a bruciarlo, ma a suo dire era un capolavoro. Da quella volta divenne insopportabile, più di quanto non fosse già. In estrema sintesi quello che preparavano lui, la madre, la nonna, la sorella, la fidanzata (esattamente in questo ordine) era oro colato, tutto quello che facevano gli altri faceva schifo. Una volta andammo a mangiare in un posto di cui non faccio il nome (la casa delle Aie tra Milano Marittima e Lido di Savio) e nonostante avessimo sempre mangiato bene e lui fosse uno dei più assidui frequentatori ed estimatori del posto cominciò una bagarre quasi pornografica. Ce l'aveva con i crostini, le tagliatelle, il castrato, le patate, l'acqua, il vino, pure con l'olio e l'aceto, non era più una cena era diventato un comizio contro la cucina romagnola, i suoi estimatori e pure il bovino da cui proveniva la carne per il ragù. Fortunatamente, dopo quella sera, decisi di declinare i suoi successivi 150 inviti per andare a cena insieme, avrei preferito uscire con Trump (meglio con la moglie per la verità) dopo la vittoria di Biden alle Presidenziali, mi avrebbe messo più di buon umore e sicuramente mi sarei divertito più dei Repubblicani dopo le elezioni. Tornando ai grandi chef, è bene ricordare che costoro non tollerano che un loro piatto non sia acclamato pubblicamente, pertanto semmai doveste andare a cena a casa di qualche amico malato di mente come è capitato a me, vi scongiuro, inchinatevi ogni volta che vi porta qualcosa e pulite il piatto, se no son dolori. Una volta, mi è capitato che un presunto chef portasse in tavola un rognone talmente stopposo che perfino il copertone della sua auto sarebbe risultato più gradevole. Fortunatamente questo chef aveva un cane, dopo capirete perché dico aveva, che ogni tanto passava di lì, sotto la tavola. Così, ogni volta che lo chef si girava per prendere il vino, allungavo un pezzo di rognone al cane, e in quattro e quattr'otto avevo finito il mio piatto. Il giorno dopo il cane era morto. Lo chef mi chiama e dice -non è che ieri sera hai dato qualcosa al cane? - e io -ma che scherzi? Secondo te davo il tuo buonissimo rognone al cane? - sto scherzando, nessun animale è stato ucciso o maltrattato in questa storia, a parte me, che mi sono dovuto sorbire quel rognone schifoso. Il capolavoro poi, è quando prima di andartene lo chef ti prepara anche la vaschetta, o come diciamo noi romagnoli, il guciottolo, con gli avanzi della cena da portarti a casa. Nonostante tu ci provi più volte a dire che non c'è bisogno che si disturbi, lui te l'ha già infilato (non dove pensate voi) nel baule dell'auto. Spesso, quasi sempre, sono dolci, che io tra l'altro non mangio perfino quando sono buoni, figuriamoci quando fanno schifo. Essendo tuttavia contrario allo spreco di cibo mi scoccia buttarli via, allora al primo angolo in cui vedo un senzatetto che dorme per strada mi fermo e glieli lascio. La volta successiva, tuttavia, il vagabondo mi ha riconosciuto, e mi ha detto che se provavo nuovamente a lasciargli quella porcheria mi avrebbe preso a schiaffoni. Insomma, per il povero aspirante chef non c'era veramente nulla da fare, non era il suo mestiere. D'altronde non si può essere tagliati per ogni mestiere, in cucina poi ognuno ha il suo ruolo, c'è chi è portato per gli antipasti, chi per i primi, altri sono forti con i secondi, alcuni sono bravi con i dolci, in pochissimi sanno fare un menù completo, ma lui invece riusciva a mettere tutti d'accordo, lui era incapace a fare tutto.

"Il piatto del giorno va bene, a condizione di sapere a quale giorno risale la sua preparazione"
Pierre Dac

7. Il commercialista

Chi di voi non ha un commercialista o non ne ha mai sentito parlare? Credo nessuno, anche perché la cosa sarebbe estremamente grave già di per sé perché significherebbe solo che:
La prima, che siete vissuti prima dell'impero Romano quando già esistevano gli esattori delle tasse (moderna Agenzia delle Entrate).
La seconda, che siete dei nullatenenti, e anche se girate in Ferrari non avete bisogno de commercialista perché non pagate le tasse.
La terza, che siete morti, ma tranquilli tra Notai e Commercialisti ci penseranno loro a mangiarsi la vostra successione.
La quarta, che vi chiamate Valentino Rossi.
La quinta e ultima cosa, che non vivete in Italia ma in un paradiso fiscale e in tal caso mi vien da dire beati voi.
Bene, solitamente quando senti qualcuno che parla del proprio commercialista non solo sembra che parli di un essere demoniaco spuntato dalle fiamme dell'inferno ma lo fa sempre con l'aria di uno che preferirebbe dire che è stato al capezzale del suo migliore amico che nello studio del suddetto povero professionista. L'altro giorno ho chiamato un amico e il tono della telefonata è stato più o meno il seguente -come va? - chiedo io, -male, malissimo- risponde, -che succede? Sta male qualcuno a casa? - incalzo io con tono preoccupato -no guarda lascia stare, sono appena stato dal commercialista-. Ecco, questa è in estrema sintesi la considerazione che hanno i vostri clienti di voi che fate questo lavoro. Vi dipingono agli occhi del prossimo come foste belzebù, la strega cattiva, l'uomo nero, l'untore dal quale stare alla larga, ma perché? Forse perché la gente va dal commercialista sperando che costui gli dia solo buone notizie tipo -sai, quest'anno sei andato alla grande, hai un utile di 100 milioni di € tutti esentasse, le banche ti daranno fidi e mutui a interessi bassi, lo Stato ti premia con un bonus di benvenuto nel club dei grandi imprenditori, l'agenzia delle entrate non ti farà verifiche fiscali,

Equitalia ha stracciato tutte le cartelle aperte nei tuoi confronti e come nostro milionesimo cliente hai vinto un soggiorno premio- ah ah ah, vi piacerebbe vero? La triste realtà è che le cose non stanno proprio così, e andare dal commercialista, purtroppo, non è proprio come fare una gita fuori porta la domenica. -Quest'anno chiudi in perdita, le banche ti estinguono le linee di credito, lo Stato aumenta l'Ires, l'Imu, la Tasi, la Tares, l'Iva, le Accise, l'Irap, l'Inps, l'Inail del 600% però abbassa l'inflazione dello 0,0000002%, l'Agenzia delle Entrate viene a vedere anche se hai le mutande sporche e Equitalia di chiede 100 mila € di interessi su un debito di 6 € che non avevi pagato nel 1958- questo più o meno, è quello che vi aspetta quando andate dal commercialista. Che poi, il poveretto che vi deve dare queste belle notizie, non è che goda nel farlo sapete? Non vi aspettate che quando chiudete la porta con le lacrime agli occhi e presi da un istinto suicida dietro di voi si scatenino party stile Wolf of Wall Street, o almeno, io non ho mai visto lanciare nani contro il tabellone. Il commercialista è vostro amico, spesso, anzi sempre, sa più cose lui su di voi che vostra moglie. Sicuramente sa dei vostri vizi, delle amanti, del nero che incassate, delle tasse che evadete, della casa alle Canarie, dei conti correnti nei paradisi fiscali, di tutte le porcate che fate in azienda etc. etc. etc. Perché poi, diciamoci la verità, il commercialista non è solo uno che vi dice quante tasse dovete pagare, ma è uno psicoterapeuta con il quale vi piace sfogarvi, lamentarvi, piangere, ridere, prendere il caffè, raccontare barzellette. Spesso gli chiedete cose che competerebbero a geometri, notai, avvocati, medici, netturbini o altri, e pretendete che lui, siccome è Dottore debba sapere così su due piedi. Come se Lorenzo de Medici fosse andato da Leonardo da Vinci e gli avesse detto -Oh Leonardo, sistemami un po' sto tubo qua che c'ho la tinozza che perde…- era un grande pittore Leonardo, ma mica era un idraulico… che paragone del cazzo che ho fatto… và beh, comunque il vostro commercialista non è un idraulico, o almeno, se non l'è ancora diventato è perché ha resistito alla crisi, non è affondato e vi ha tenuto a galla come

Leonardo (visto che siamo in tema di rinascimento e Wolf of Wall Street) Di Caprio fece con il Titanic… altro paragone del cazzo, lo so… basta metafore oggi non mi vengono. Comunque, torniamo a noi, pensate voi clienti come siete cattivi quando andate dal commercialista e ancora prima di dire buongiorno/buonasera ve ne uscite con la seguente frase -io non voglio pagare un euro di tasse quest'anno sia chiaro, voglio il bilancio con un utile di almeno ventimila € se no le banche non mi rinnovano il fido, ma non voglio pagare le tasse- e lui vi risponde -guarda Gino che 27 € di tasse su un utile di 18 mila € e' già un mezzo miracolo, fare meglio è impossibile-, e voi con la solita frase spezza cuore -non è vero, uno che conosce un amico di un mio amico ha detto che il Suo commercialista non gli ha fatto pagare niente, e lui fattura il doppio di me-… -ma dai Gino non fare così per 27 € cosa vuoi che sia…- proverà a farlo rinsanire il povero commercialista -allora se dici così io me ne vado alle Associazioni di categoria, pago meno e mi seguono meglio-. Ecco, io ve lo dico onestamente, poi non vi lamentate se vi inculano. Perché è vero, come tra gli avvocati, tra i medici, tra i Notai ci sono i disonesti, anche tra i commercialisti, purtroppo, ci sono quelli che rubano ai propri clienti. Ma non andiamo nel drammatico, restiamo nel divertente, questo è un libro che deve far ridere, non piangere, per piangere andate dal vostro commercialista, vedete come piangete dopo. La cosa bellissima è che in Italia oramai serve una laurea persino per allacciarsi i lacci delle scarpe, mentre nel nostro ordinamento Costituzionale, "*la Costituzione più bella del Mondo*" secondo Benigni, o meglio, "*l'ex Costituzione più bella del Mondo*" sempre secondo Benigni, o meglio "*la Costituzione più bella del Mondo se l'avessero cambiata come dicevo io*" ancora secondo Benigni… oh Roberto, insomma, è una vita che te lo voglio dire, "hai proprio rotto i coglioni." Dicevo, non è previsto dalla nostra Costituzione che chi è chiamato ad amministrare un'azienda, che essa sia una piccola società unipersonale fino alla Microsoft italiana quotata alla borsa di Taipei, non sia tenuto non solo ad avere alcun titolo scolastico

preciso, bensì possa essere un qualunque zoticone preso come testa di legno (o di cazzo, mi permetto) messo lì a modi pungiball. Così, tu, povero commercialista che hai studiato per fare il tuo lavoro, ti ritrovi a discutere di macroeconomia mondiale con Gino il tagliaboschi. A tagliare i boschi Gino è il numero uno al mondo, e nessuno lo mette in discussione, solo che, non è che abbia tutta questa confidenza con i numeri, e soprattutto con leggi. Capita così, di tanto in tanto, un po' troppo spesso a dire la verità, quasi tutti giorni per essere onesti, praticamente ogni 15 minuti a onor del vero, che Gino il tagliaboschi si avventuri in meandri lontani dalla sua sfera di competenza. È un po' come se tu, che non sei capace a montare una sedia dell'Ikea con istruzioni per bambini di 8 anni, ti avventurassi in un bosco di sequoie secolari con l'intento di segarne una a metà e di costruirti una casa sull'albero. Ecco, diciamo che è più o meno quello che accade quando Gino si mette a disquisire di bilanci, quello che viene fuori è paragonabile alla vostra casetta sull'albero, magari ha la porta, ma mancano il tetto e il pavimento, a volte manca pure l'albero. Così provi per ore a spiegare a Gino il perché l'iva che incassa non è la sua ma dello Stato e il perché basta aver pagato tutte le fatture dei fornitori per non avere debiti. Provi a fargli capire che, i costi sono una cosa e i debiti un'altra, come segarsi le dita con la motosega o perderle perché te le mangia un castoro, sono entrambe cose negative, ma non propriamente sono la stessa cosa. Alla fine di tutto Gino se ne va scrollando le spalle, scuotendo la testa e citando qualche frase elegante e piena di charme del tipo "*piove governo ladro*" o "*che paese di merda*". Resta il fatto è che alla fine della fiera ci sono solo tre grandi verità che tutti quelli che escono dal commercialista sentenziano con parenti ed amici, sono verità dure, nude e crude:
La prima: "*è tutta colpa del commercialista*"
La seconda "*quest'anno mi fa pagare un sacco di tasse*"
La terza ed ultima, ma non di minore importanza ed impatto emotivo "*il mio commercialista non capisce un cazzo*".

"L'umiltà è una virtù stupenda. Il guaio è che molti italiani la esercitano nella dichiarazione dei redditi"
Giulio Andreotti

8. Il modesto

Il modesto è uno dei personaggi peggiori che possiate incontrare nella vostra vita, e non perché sia una cattiva persona, anzi, semplicemente perché 9 volte su 10 è un falso, della peggior specie. Infatti esistono varie tipologie di modesti, e ora, andremo ad analizzarli insieme. Il modesto che io chiamo di tipo A, lo è per umiltà, ed è uno, che potrebbe anche aver inventato la cura contro i mali del mondo che piuttosto che stimarsi per quello che ha fatto scapperebbe come un ladro. Al primo apprezzamento per il suo lavoro si nasconde peggio di Arsenio Lupin, come se avesse rubato, barato, fregato. Il complimento più classico è - però... sei stato bravo, grazie a te ora non ci sarà più la fame nel mondo- e lui - no va beh dai, che vuoi che sia, anche un bambino ci sarebbe arrivato...- e tu, che non sei un bambino e ciononostante non sei mai arrivato nemmeno a finire lo stramaledetto cubo di Rubik, ti senti, in primis un deficiente, e in secundis uno che sta per compiere un omicidio. Ma lui non lo fa con cattiveria, lui è così, è modesto per defezione professionale, non ti voleva prendere per il culo... o sì? Ecco, è questo tremendo dubbio che fa insinuare in te che ti porta ad odiarlo, e a pensare "*cazzo, ma se l'avessi fatta io quella scoperta ora girerei il mondo e sarei pieno di soldi, e invece guarda lui, quello sfigato, se ne sta con quella faccia da culo a fare il falso modesto*". Poi c'è il modesto di tipo B, e questo è veramente un falso. Suo figlio ha appena conseguito una laurea in astrofisica nucleare nonostante abbia solo 12 anni, suona il piano meglio di Mozart, e ha segnato il gol decisivo per la sua Nazionale nella finale di Coppa del Mondo per under 21, e il padre se ne esce con un - no ma guarda, è solo fortuna, lui è un ragazzo come tutti gli altri-. E tu, tu che hai un figlio che i migliori successi che ha ottenuto fino a quel momento sono stati nell'ordine: un giorno senza note sul registro, la canzone del sole suonata per metà senza sbagliare il Sol e il fatto che una volta ha fatto ridere tutta la squadra perché faceva le puzzette nello spogliatoio, tu come ti senti? Ti senti come uno che risponde - ah sì, sti ragazzi, sono proprio bravi, certo che il mio Gino ancora non ha espresso tutto il suo potenziale, e chissà... con un po' di fortuna, magari, un domani, forse...- Ho imparato due cose nella vita: la prima è che qualunque cosa viene prima di un "*ma*" in una frase non conta niente, e la seconda è che "*se mia nonna aveva le palle era mio nonno*". La realtà è che tu sai benissimo che tuo figlio Gino è una schiappa mentre il figlio del tuo amico è un fuoriclasse, un genio, un supereroe, e vorresti solo che lui lo ammettesse. Anche perché nel momento che uno ti dice –sai mio figlio è un fenomeno, fuori dal normale- allora ti senti rincuorato e pensi "*va beh, il mio è standard, non vincerà il premio Nobel, però è come il 99% dei bambini del mondo*". Invece no, il falso modesto, che sa benissimo che suo figlio non ha 2 marce in più, ma bensì guida una Ferrari Maranello mentre il tuo una vecchia Zighuli dell'ex Unione Sovietica, ti sfotte pure volendo far finta che i vostri figli siano uguali. D'altronde qualche differenza tra i due l'avevi già notata ai tempi delle elementari. Lui, il figlio dell'altro, quando veniva a casa tua nel doposcuola, oltre ai compiti ordinari studiava diritto in cinese, mentre tuo figlio si mangiava le caccole. Ma lui, il genitore del fenomeno continua a mentire spudoratamente sulle capacità del proprio figlio, e tu, questa cosa, proprio non la mandi giù. Rimanendo in tema di auto ecco il modesto di tipo C, quello che si presenta al bar con la nuova Mercedes ali di gabbiano AMG, una macchina che tu, nemmeno se lavorassi 25 ore al giorno per una vita intera ti potresti permettere, non dico di comprare, per quello non ti basterebbero due vite di lavoro a 50 ore al giorno, ma nemmeno potresti permettere di mantenere. Lui arriva, parcheggia con nonchalance e, mentre sono usciti anche i malati del videopoker che fanno trenta secondi di pausa per ammirare cotanto bolide e prendere una boccata d'ossigeno, risponde alla seguente affermazione dal tono signorile come è lecito aspettarsi davanti a un bar -cazzo che bella macchina! - con uno stucchevole –mah, quella di prima aveva una candela guasta, e nonostante avesse solo 310 chilometri ho pensato di cambiarla con questa, però non sono molto soddisfatto-. Ecco, a questa affermazione seguono una serie di improperi che gli lanci dentro la tua testa senza proferire parola, perché quando è troppo è troppo. Allora, limitandoti a fare una faccia da ebete te ne esci con la domanda che lui stava aspettando - mah, cos'ha che non va scusa? – il falso modesto risponde –no, in realtà niente, solo che la casa dichiarava che faceva da 0 a 100 in 1 secondo, in realtà impiega 1,1 secondi netti- e tu –aaahhh, questi sì che sono problemi, te pensa che la mia Fiat Ritmo impiega 13 minuti solo per andare in moto, a 100 non ci arriva nemmeno se la traino con un cingolato e quando cambio dalla seconda alla quarta devo fare la doppietta perché la terza non ingrana-. A quel punto il falso modesto se ne esce con una di quelle affermazioni che tu maledici lui, la Mercedes, i suoi avi e persino il santo patrono che cade il giorno del suo onomastico - ma beato te che hai una macchina che è ancora tutta meccanica senza tecnologia, guarda, io con tutte ste App sto impazzendo; pensa che ieri sera mentre ero sul divano ho provato a farla parcheggiare da sola in garage con lo smartphone ma il Bluetooth non si connetteva e mi è toccato parcheggiarla da solo- è già, quelle son disgrazie, di quelle brutte. Il modesto di tipo D, invece è uno che parla correttamente 6 lingue diverse, le ha imparate con un corso online per principianti, e tu, che quando vai a Londra sai dire solo "*vuots ior neim?*" o a Parigi, "*bongiur, ge vudré un cornett con la marmelat*", in compenso sei fortissimo in spagnolo, in quanto un tuo amico che per anni ha fatto le vacanze a Formentera, ti ha insegnato che per parlare spagnolo basta aggiungere una S in fondo ad ogni parola italiana. Così, quando sei stato a Barcellona hai imbastito un dialogo niente male con il maître del ristorante – Buonaseras nois siamos in dos, e abbiamos riservatos un tavolos per staseras, per mangiares-. Il maître ovviamente ti aveva guardato con aria perplessa e tu ti eri ricordato che sei italiano, vieni dalla stessa patria di Totò, e in un modo o nell'altro ti sei sempre fatto capire a gesti, così indichi te stesso e la tua fidanzata, poi indichi il tavolo e fa il gesto di mettere qualcosa di immaginario nella bocca e puoi finalmente sederti, facile no? Tornando al modesto, quello che prima parlava 6 lingue, e nel frattempo, mentre io scrivevo queste puttanate sono già diventate 7, tu gli chiedi - ma come fai? - e lui - facile, basta ascoltare la musica e impari il suono, poi ti fai un paio di mesi in un posto e torni che sai benissimo la lingua- non pago di questa risposta insisti - vuoi dire che se voglio imparare il cirillico mi basta passare un paio di mesi a Mosca ed è fatta?- e lui -assolutamente sì- come fosse la cosa più facile del mondo. Così parti per la Russia, all'aeroporto sei accolto da alcune parole a caso contenenti la sola lettera A come "*Арбуз, абрикос, актёр, алмаз, мама, рама, там, факс, банк*" non solo capisci che il Russo non è la lingua che fa per te, ma che oltre alla Vodka a metà prezzo del Duty Free e forse una notte di passione (a pagamento) con una strampalona siberiana non ti porterai a casa niente di più che una marea di invidia e odio misto rancore di vecchia data per il poliglotta falso modesto. Il modesto E, è quello che finge di vergognarsi de propri successi e quello che ne sminuisce la reale consistenza. È una persona all'apparenza comune, spesso si cela dietro due grandi occhiali da vista, un pullover anni 50' e un paio di scarpe che non vanno più di moda dai tempi di Napoleone Bonaparte. Dietro questo aspetto modesto, in realtà è uno che va fortissimo con le donne, e non perché le paga come fai tu e la maggior parte dei tuoi amici che vanno a Mosca a far finta di imparare il russo, ma perché si dice che sia un superdotato. Tuttavia non si è mai mostrato nudo nemmeno negli spogliatoi del calcetto, perché si vergognava di avere un "coso" così fuori dal comune, e tu, che hai sentito per anni vantarsi persone che avevano un pisellino primavera Findus laddove lui ha un pitone reale, sai in cuor tuo (le donne lo sanno non solo nel cuore) che infondo a tutto questo è lui, è lui il modesto peggiore di tutti.

"Nelle persone di capacità limitate la modestia è semplice onestà, ma in chi possiede un grande talento è ipocrisia."
Arthur Schopenhauer

9. L'uomo che odia l'estate

L'uomo che odia l'estate è quello che quando il termometro segna meno di 15,5 gradi fa troppo freddo e quando ne segna più di 22 fa troppo caldo, perché non esistono più le mezze stagioni, ma anche quando arrivano è quello che gli dà noia la primavera perché è allergico anche all'erba del prato. Lui odia anche l'autunno perché nonostante sia una mezza stagione e quindi dovrebbe piacergli, le foglie che cadono gli fanno venire la depressione. Lui odia l'inverno perché non gli piace il Natale, non gli piace l'albero, non gli piacciono i regali né i maglioni rossi. Ma perché odia l'estate? Nessuno odia l'estate. Le scuole chiudono, ad agosto si va in ferie, c'è sempre il sole, si va al mare, è caldo, non piove mai, l'estate è la stagione che tutti amano, tutti amano l'estate. Tutti tranne lui, lui e gli orsi polari che con lo scioglimento dei ghiacciai non hanno più un posto dove vivere, ma loro hanno un buon motivo, ma lui che cazzo di problema ha? Innanzitutto lui odia l'estate perché pensa che per motivi di decenza a quelle donne simil-maiale che ogni anno infestano spiagge e località di mare, insaccate in microscopici tubini leopardati che evidenziano rotolini di grasso che a confronto la panza di Giuliano Ferrara è bella da vedere, non dovrebbe esser permesso di andare al mare. Odia le donne che si presentano con baffi e peluria varia in bella mostra in spiaggia, è infatti un grande sostenitore del burkini per questi casi; capisce che discendiamo dalla scimmia ma pensa anche che *"hanno inventato la ceretta, la lametta, lo spadone afghano, fate qualcosa, vi prego"* anche perché il detto *"donna baffuta sempre piaciuta"* andava bene solo per Tarzan che, poveretto, volente o nolente doveva inchiappettarsi una scimmia. Odia gli uomini con barbe stile Bin Laden che si sentono tutti megafighi perché è la moda del momento, specie se palestratissimi, tatuatissimi e oliatissimi, con costumini da San Francisco anni 80' che le feste di Freddie Mercury al Pike's di Ibiza a confronto erano roba etero.

Odia i bambini che in spiaggia parlano in dialetto o con accenti (spesso del Sud) ma anche romagnoli, toscani e veneti... trova siano imbarazzanti e pensa *"basta con sta storia che il dialetto è da preservare, una battuta tra amici al bar mi sta bene, ma tra bambini di cinque anni proprio no"* soprattutto quando usano quella lagna sboccata tipica dei contadini di fine 1800 mentre stendevano il letame nei campi. Odia i mentecatti del Papeete, ma questo meriterebbe un capitolo (o forse un intero libro) a parte. perché già di per sé uno che va al Papeete è uno che ha seri problemi; così quando vede uscire dal bagno queste frotte di amebe non pensanti tra le 20 e le 21, tutti a petto nudo e braghini, ubriachi più di Oddo dopo Berlino 2006, che si aggirano per Milano Marittima alla ricerca di una pizzetta o un panino per contrastare la lappa di quei 23 gin tonic a stomaco vuoto, non ci sta dentro, vorrebbe eliminarli tutti, per sempre. Odia la gente, che nonostante d'estate non abbia storicamente un cazzo da fare, salta perennemente la fila, che sia al supermercato, al parco giochi, al bar della spiaggia o al ristorante non fa differenza. Perché saltare la fila è un credo filosofico non una necessità, così sente storie inventate di gente che ha la madre sul letto di morte, l'ulcera di sesto grado, perfino la fine del mondo; assiste inerme alla solita battaglia dove partono spinte, calci, ruote di passeggini sui piedi e la solita domanda retorica di uno che gli è appena passato palesemente davanti - c'era prima lei? -. Odia quelli che prima si erigono alla Maria Montessori di turno e pretendono di insegnare agli stranieri come vivere e come comportarsi nel nostro paese, e non sanno mettere l'H (dicesi acca) dove opportuno e di non metterla dove non richiesta. Odia i tormentoni dell'estate, canzoni di un'idiozia tale che, come se non gli rompessero già abbastanza i maroni mentre cerca di scrivere su Facebook in spiaggia, i veri fenomeni le scaricano pure da internet e le mettono come suoneria del cellulare, così se le sorbirà anche tutto l'inverno prossimo. Odia quelli che durante i fuochi di ferragosto sospirano frasi tipo *"è già finita anche quest anno"* o "*è già natale*" mentre lui è in ferie da ben due ore e non ha ancora visto il colore del mare. Odia gli happy hour che sono passati dalle cinque mila lire del 2001 per due negroni stracarichi a sette euro per un bicchiere composto prevalentemente di ghiaccio, menta rinsecchita, succhi del cartone e un dito di vodka del discount. Odia quelli che mentre sta guidando oltre i 50 all'ora sul lungomare, si lanciano in mezzo alla strada con tanto di passeggini, cani, neonati, suocere, biciclette e borse frigo. Solitamente sbucano da dietro un cespuglio o un bidone, lui inchioda per non finire sui giornali come il "*macellaio di Cervia*" e loro attraversano con la stessa calma di chi si si trova nel braccio della morte, nel frattempo gli si allunga la barba e a furia di mandare insulti si spappola definitivamente il fegato. Odia gli ipersalutisti e/o iperpalestrati perché gli fanno fare, come ogni anno, figure barbine con mogli e vicini di ombrellone solo perché lui ha un po' di pancetta. Odia i proprietari delle sale giochi perché ogni volta che va a comprare i gettoni per sua figlia, lo guardano sghignazzando col ghigno tipico del joker di Batman, pensando *"povero patacca, non lo sai che con i tuoi soldi vado alle Maldive quest'inverno"*. Odia quelli che al 15 agosto sotto l'ombrellone hanno già le sentenze su chi vincerà lo scudetto, come finirà il trono di spade, su come debellare l'Isis, sul perché c'è la crisi e su chi vincerà il Sanremo dell'anno dopo, e che poi, come sempre saranno puntualmente e clamorosamente smentiti il 2 di settembre. Odia i ristoranti che espongono senza vergogna il famigerato "*menù turistico*" a 13 € e 99 cent composto da "*antipasti caldi e freddi, primi a scelta, secondi a buffet, dolci della casa, sorbetto, limoncello, vino, pane, acqua e coperto"* e come se non bastasse chiosano scrivendo *"tutto fresco, tutto fatto in casa, soddisfatti o rimborsati*" perché sa che sono delle inculate. Odia quelli che dopo aver passato ore sotto al sole del deserto del Sahara scappano dai bagni alla prima goccia d'acqua della stagione, in un fuggi fuggi generale durante il quale vengono dimenticati in spiaggia portafogli, cani, figli, nonni, scappano e corrono impazziti come se non ci fosse un domani, nemmeno fossero i vietcong durante i bombardamenti di Saigon. Odia quelli che passano l'estate con il famigerato bastone per i selfie in mano, utilizzandolo come fosse un prolungamento artificiale del proprio ego, come l'Ulisse di Omero utilizzò un tronco per accecare Polifemo. A suo modo di vedere costoro utilizzano il bastone per i selfie per accecarsi dal mondo, non guardano più ciò che fotografano come faceva Helmut Newton bensì guardano sé stessi, infatti se Sigmund Freud fosse vissuto in quest'epoca avrebbe avuto bisogno lui dello psicanalista per capirci qualcosa. Poi, per finire odia quelli vanno in ristoranti come il caminetto in ciabatte, canottiera e braghini corti come fosse il circolo dei pescatori e odia il proprietario che gli permette di entrare. Odia quelli che raccontano i cazzi loro sotto l'ombrellone e provano a coinvolgerlo nella conversazione, spesso e volentieri provando a convincerlo di cosa delle quali a lui frega meno di zero. Odia il classicissimo venditore abusivo che gira con gli ombrelli quando c'è il sole perché ritiene che porti sfiga e che pratichi strane danze voodoo per far piovere. Odia quelli che con la scusa di portare la merenda per i bambini arrivano in spiaggia con tonnellate di cibo e mangiano come fossero appena tornati a casa dopo venticinque anni ad Auschwitz. Odio l'uomo del *"cocco bello cocco, vitamine cocco bello cocco"*. Odia quelli che "*il prossimo anno vado in Sardegna*" e poi se li ritrova puntualmente al solito ombrellone a fracassargli le palle. Odia quelli che si vantano di esser stati in Francia e di aver parlato in dialetto romagnolo perché' "*tanto, più o meno è simile, per non dire uguale*". Ora avete capito perché lui odia l'estate, perché, come diceva Gerry Calà "*l'estate non è una stagione, ma uno stato d'animo"* e, in estate, il suo stato d'animo è sempre una merda.

"Odio, un sentimento umano e duraturo, Odio, quando sono esasperato, Odio, e non mi sento esagerato, Odio, sinceramente sono fiero, Odio, forse ora un po' troppo sincero"
Marco Castoldi

10. Il giudice

Capita, che in un paese come l'Italia a un certo punto della propria evoluzione sociale tutti diventino inspiegabilmente tra l'altro, giudici di tutto, così dalla mattina alla sera. In verità nessuno sentiva il bisogno di questa nuova élite di pseudotuttologi del nulla, ma è successo, è capitato. È capitato con la cucina, dopo Masterchef e programmi similari, tutti si sentono in grado di giudicare il cibo, la presentazione, ma soprattutto il gusto, anche solo vedendo un piatto alla tv questi nuovi Giudici ne sentono il sapore perché evidentemente hanno un super olfatto. Conosco persone che prima mangiavano solo pasta asciutta a pranzo, magari condita con un bel sugo pronto e due fette di carne la sera, magari belle unte e impanate. Queste persone ora vanno nelle osterie-trattorie-ristoranti di medio-basso livello, dove prima sostenevano si mangiasse da Dio, facendo gli smargiassi con i proprietari e irridendo gli altri commensali. Come se, perché sono loro, con 25-30 euro a persona gli fosse dovuto un intero tartufo d'alba con tanto di lagotto romagnolo a seguito servito su burrata di Kobe al finocchietto selvatico e trito di pistacchi di Bronte rosolati con una vellutata di zafferano del Tibet e un bel Sassicaia del 1985. Con la presunzione e la saccenza di chi si sente il nuovo Gordon Ramsay della ristorazione, sputano sui piatti, criticano il vino, il servizio, il locale, gli altri clienti, e alla fine pagano dicendo agli amici che hanno mangiato male, perché la nuova moda italiana per fare i fighi è dire di aver mangiato male o comunque cosi cosi, ma mai, mai bene. È capitato con la musica, dopo X-Factor e programmi similari tutti si sentono in grado di giudicare la musica, i cantanti, i testi, le armonie. Anche coloro che a casa hanno sì e no due cd pirata di hit mania dance 98' comprati in spiaggia dall'abusivo di turno ora si sentono in grado di dare giudizi sulla musica. Nonostante la loro infinita conoscenza musicale sia racchiusa in I-Tunes o nell'Mp3 da 124 GB che contiene 600 mila canzoni a caso che spaziano dai Tokyo Hotel ai Beatles, da Orietta Berti a Donna Summer, questi ti vengono a parlare di Hotel California (immancabile in qualunque Mp3 del mondo) convinti che sia un pezzo di Fabri Fibra. Cosi gente che pensa che i Led Zeppelin fossero una marca di dirigibili o che rimane convinta che il pezzo più bello dei Pink Floyd sia "*We don't need no education*" si infervora per l'eliminazione dei suoi beniamini dai reality, eleggendo Marco Carta a voce patrimonio dell'umanità dell'Unesco come se Freddie Mercury non avesse mai abitato questo pianeta. In realtà molti di loro hanno conosciuto Freddie Mercury e i Queen solo grazie al film Bohemian Rhapsody, e con questo ho detto tutto. Capita che la generazione cresciuta a pane, Radio Studio Delta e Mtv si riscopra grande amante della musica qualunquista e alla domanda -tu che musica ascolti? - ti risponda -a me piace un po' di tutto-. Un po' di tutto cosa?!? Ma che cazzo di risposta è? È come rispondere alla domanda -chi è la più bella donna del mondo? - dicendo -Angelina Jolie, Rosy Bindi, Charlize Theron, Margaret Thatcher, Monica Bellucci, Vladimir Luxuria, insomma a me piace un po' di tutto-. Coloro che mettono sullo stesso piano Mozart con l'ultimo vincitore di Sanremo (che giuro non so chi sia e non mi interessa saperlo) oggi sono diventati tutti giudici musicali, e guai a contraddirli perché a sentir loro qui vige l'oggettività... come direbbe un mio amico di Roma, oggettività un par de palle. Poi ci sono i critici dei vari programmi televisivi, e qui si spazia dai tuttologi che quando c'era il Milionario le sapevano tutte senza fare nemmeno la telefonata a casa. Quelli che sulle quattro risposte proposte guardavano la moglie con aria saccente dicendo -dovrebbe essere la prima, anche la seconda però, uhm no no aspetta è sicuramente la quarta-. Quando il concorrente sbagliava il nostro tuttologo balzava sul divano e, per procurarsi quel briciolo di autostima domestica, iniziava a richiamare l'attenzione della moglie che stava lavando i piatti ululando come il lupo mannaro -era la seconda! l'avevo detto! se c'ero io vincevo 200.000 euro-.

Poi ci sono gli esperti dei concorsi di bellezza che mentre guardano Miss Italia inveiscono come Vasco Rossi contro Gianni Boncompagni, che non c'entra nulla ma qui va bene cosi. Il povero Boncompagni a loro dire era reo di aver preso in cambio di rapporti orali qualche cesso di ragazza mentre la loro figlia con evidenti disturbi alimentari e una faccia che Loris Batacchi avrebbe descritto come "*Mo se l'è brutta, è un tipo, un tipo di scimmia, il tipo più brutto d'Europa*". A ruota seguono gli esperti dei Reality show, quelli che alla seconda puntata del grande fratello sanno già il vincitore perché è più simpatico degli altri, come se lo conoscessero da una vita. Gli esperti di finanza da Ansa del televideo che ti incontrano per strada e ti dicono -hai visto che standa & poor's ha dato rating AB negativo sul pil del deficit pubblico tra i bond dello spread Italia-Germania 4 a 3? -e tu, sbigottito di fronte a cotanta ignoranza rispondi -a parte che casomai è standard & poor's e poi non ho capito nulla!- e lui scocciato -va bè ma se non leggi i giornali poi per forza non capisci mai un cazzo… capra!!!- Ci sono anche quelli col gusto del macabro (tipo mia moglie, altrimenti non stava con me), e sono i cosiddetti Giudici dei casi giudiziari irrisolti, perché dopo anni del Tenente Colombo, de La signora in giallo, di Forum, CSI e Cluedo hanno sempre la soluzione a tutto. Ora sono tutti giudice giuria e giustiziere, appena esce la notizia di un omicidio dove si svela che in maniera puramente preliminare e assolutamente in fase di studio è indagato il marito ti dicono -va bè ma è chiaro che è stato il marito guarda che brutta faccia ha-. Qui apro una parentesi a favore dei neo detective; fateci caso che le trasmissioni tv e i giornali mettono sempre foto dove gli indagati sembrano impossessati dal demonio in piena furia omicida, mentre delle vittime ci sono sempre e solo foto della cresima col vestito buono o con visi angelici, un po' come le foto di Berlusconi del Tg4 che nella maggior parte dei casi risalgono a Italia 90' ma vengono trasmesse nel 2021. Incurante di questa teoria sul tentativo di manipolare l'opinione pubblica da parte dei mass media il neo detective non demorde, anzi, rincalza -sicuramente ha ammazzato la moglie perché aveva l'amante-. Si autoconvincono talmente tanto di questa teoria e di avere ragione, che potrebbero perfino mostrare le immagini della moglie mentre sbanda da sola con la macchina e finisce contro un lampione che diranno -ma è ovvio che stato il marito che le ha manomesso il volante per farla sbandare-. D'altronde per antonomasia noi italiani sappiamo tutto di tutto e non accettiamo le contestazioni. Se in aeroporto ci viene fatto notare che il nostro bagaglio a mano è di 65x45x30 contro i 55x40x20 previsti, noi continueremo a sostenere che quel bagaglio nella cappelliera ci starà comodamente. Già ai tempi della scuola noi sapevamo tutto ma ci chiedevano l'unico paragrafo che non avevamo letto, e poi i professori non capivano nulla e prendevano sempre e solo noi di mira. Non apro la parentesi degli esperti sportivi, soprattutto di calcio, e degli esperti di politica perché avrei da scrivere per un libro interamente dedicato a loro. Quindi concludo dicendo che se uno qualunque dei 65.000.000 di italiani fosse stato al posto di Ventura per le qualificazioni ai mondiali russi, non solo ai mondiali ci saremmo andati ma gli avremmo anche vinti. Se ci fosse ciascuno di noi a fare da Presidente del Consiglio sicuramente saremmo il paese più ricco, etico e sicuro al mondo. Perché noi italiani siamo cosi, gli eterni migliori, quelli che comunque vada non sbagliano mai, che anche quando non sappiamo di cosa stiamo parlando abbiamo ragione. Siamo quelli che qualsiasi cosa venga fatta in ogni ambito noi l'avremmo fatta sicuramente meglio, siamo un popolo di eterni sognatori, al quale piace autoconvincersi che se fossimo nati nei panni di Willy il Coyote, noi quel maledetto uccellaccio antipatico di Beep Beep ce lo saremmo mangiato, ma prima l'avremmo pure cucinato bene!

“L’uomo ama e onora l’uomo finché non gli è dato di giudicarlo”
Thomas Mann

11. L'uomo dello Zapping

È domenica sera, e l'uomo dello Zapping viene da una settimana di lavoro stressante, un sabato in cui la sua squadra del cuore ha perso (stranamente), e un pranzo leggero di sole 6 ore e mezza dalla nonna con tutti i parenti e rimostranze varie. Si stende sul divano, accende la tv, sistema il cuscino per la cervicale nel punto indicato dal fisioterapista, tira su la copertina, stende le gambe sul tavolino, e armato di telecomando pensa a cosa guardare. Qualora ci fosse stato il posticipo della domenica sera ci sarebbe stata la classicissima scena di Fantozziana memoria *"Calze, mutande, vestaglione di flanella, frittatona di cipolle, familiare di Peroni gelata, tifo indiavolato e rutto libero"* ma come detto la sua squadra ha già giocato e così comincia a fare zapping. La sua serata comincia con La7. Qui trova la signora Benedetta Parodi con ospite Alena Seredova (che non aveva riconosciuto subito perché non l'aveva mai vista con i vestiti addosso prima di allora) in versione di cuoca ai fornelli. La signora Alena è intenta a mischiare un improbabile sugo di ostriche in una specie di mapazzone di verdure bollite, un piatto tipico del suo paese, la Repubblica Ceca, rinomato ricettario di fama mondiale tra l'altro. Dopo pochi minuti si rende presto conto che la Seredova non farà vedere né le tette né l'unica ostrica che interessava a lui e allora, preso da questa insopportabile frustrazione cambia canale. Passa così a Rete 4 dove c'è il programma Quinta Colonna. L'inviato è in diretta con degli improbabili contadini analfabeti che, usciti direttamente dai campi, da tutte le piazze d'Italia inveiscono contro il sistema, il governo, il sindaco, la Madonna e Gesù bambino, avendo in cuor loro, la soluzione a tutti i problemi dell'Italia. Cambia ancora. È il turno di Canale 5, dove stranamente danno una serie tv in prima visione, e il nostro uomo zapping si gasa. Spera in qualcosa tipo Il trono di Spade o Gomorra, qualcosa dove ci sia sangue, sesso, violenza, droga e rock n' roll, ma appena appare la sigla le sue ambizioni svaniscono inesorabilmente. Si tratta della prima puntata della nuova fiction targata Canale 5 "*Il tredicesimo apostolo 2-La rivelazione*", un'immondizia tale che persino la sua bisnonna non riuscirebbe a sopportare. Cambia canale. Ecco Italia 1. Dopo l'ennesimo spot di quattro ubriachi che mentre si lanciano da un monte rischiando la vita urlano *"Italia 1"*, cosa non si fa per andare in tv... ecco Lucignolo. Il nostro uomo zapping a questo punto è gasatissimo, Lucignolo ha sempre fatto servizi fantastici, con un mare di gnocca e musica che spacca, finalmente ha trovato quello che cercava. Invece che gnocca e rock n' roll però c'è un servizio su "*l'uomo posacenere e l'uomo comodino*" ovvero due mentecatti che a turno si fanno malmenare da una cicciona mascherata. Il primo, essendo "*uomo posacenere*" si fa spegnere le sigarette sul petto e poi ingoia i mozziconi, il secondo, essendo lui *"uomo comodino*" sta a quattro zampe nel bel mezzo della sala, mentre la cicciona, seduta sul divano, mangia pop-corn e gli tiene i piedi sopra. Io conoscevo degli amici "*zerbini*", ma non credevo si potesse arrivare a tanto. So che pensate che vi stia prendendo per il culo, ma purtroppo è tutto, tristemente vero, se non mi credete andate a documentarvi. Io mi sono documentato e ho scoperto che alcuni uomini pagano per farsi spegnere le cicche di sigaretta nel petto, se venite a casa mia a farmi da "*uomo posacenere*" giuro che lo faccio gratis. Comunque, dopo questi servizi dei quali l'uomo dello Zapping avrebbe fatto volentieri a meno, così come tutto il genere umano, ecco arrivare un'interessantissima intervista a Rosy Dilettuoso (ex la pupa e il secchione, mica cazzi) e soprattutto le lezioni di sesso con Franco Trentalance (noto pornoattore). Il signor Franco, da uomo di mondo e di estrema cultura e raffinatezza, spiega come arrivare al famigerato punto "*G*" simulando l'apparato riproduttivo femminile con una palla da Bowling, tutto veramente estremamente interessante. Solo che l'uomo dello Zapping non è Homer Simpson e non ha una palla da Bowling in casa. Così prova ad allenarsi con lo stesso metodo del Trentalance utilizzando una palla da tennis, ma la palla da tennis non ha il buco, pazienza. Il gran finale della trasmissione è riservato a Platinette e le drag queen, momenti di alta, altissima televisione. Cambia canale. Passa ai grandissimi programmi della Rai, per i quali l'uomo Zapping sa di dover pagare 113 euro e 50 entro fine mese onde evitare di avere il KGB in casa che gli sequestri il televisore, gli beva il vino dalla cantina e gli ammazzi il cane. Pertanto si aspetta, anzi pretende, programmi di qualità, intrattenimento, cultura, ma soprattutto tette, tante tette. Su Rai1 danno una fiction, intitolata "*un matrimonio2*" ma il nostro uomo zapping è troppo furbo per farsi fregare due volte nella stessa sera, è già rimasto scottato con "*il tredicesimo apostolo*" pertanto senza nemmeno guardare di cosa parla quella sicuramente straordinaria fiction, cambia canale. È su Rai2 e c'è Voyager, che è stato per anni uno dei suoi programmi preferiti finché è passato da essere un programma di scienza ad un programma di fantascienza. I servizi tipo sono su il cugino di E.T., Casper lo spiritello bricconcello, e le misteriose montagne con le punte a forma di piramide, come se prima di allora qualcuno avesse mai visto una montagna dove la base fosse più stretta della punta. Cambia canale. Decide di provare con Rai3. Stranamente non è in onda "*chi l'ha visto*?" dopo 6.548 prime serate consecutive, così il nostro uomo zapping si appresta subito a fare una ricerca su Google per documentarsi sulle condizioni fisiche di Federica Sciarelli, preoccupato di non vederla più in prima serata dopo 27 anni. Tutto a posto fortunamente, Federica sta bene, si è presa una settimana di vacanza, tanto in 27 anni non hanno mai trovato nessuno, vuoi proprio che in quella settimana saltino tutti fuori? Al suo posto c'è "*Presadiretta*", un altro programma dove l'allegria è all'ordine del giorno. Si parla infatti del problema dell'immigrazione e delle stragi nel Mediterraneo. Cambia canale. Finiti i canali della tv decide di passare al satellitare, e qui è certo che le cose miglioreranno. Tuttavia l'uomo dello Zapping non aveva fatto i conti con Sky, che dopo aver riesumato, come ogni anno sotto natale, tutte le saghe (e anche le seghe) televisive prodotte dai fratelli lumiere in poi, "*Star Wars, James Bond Agente 007, Vacanze di Natale, Il Signore Degli Anelli, Il Padrino, Rambo, Rocky, Alien, Il Corvo, Dal tramonto all'alba, Matrix, Mission Impossible, Scream, Mamma Ho Perso L'aereo, Terminator e Robocop*" continua a dare a rotazione film che ha già visto almeno 50 volte come: "*Jimmy Bobo - Bullet To the Head*" ennesima porcheria dell'ex duro, oramai pluripensionato Sylvester Stallone che non si rassegna alla bocciofila. "*Die Hard - Un buon giorno per morire* "ennesima porcheria dell'ex duro, oramai pluripensionato Bruce Willis che non si rassegna al circolo degli anziani. Priest, la cui descrizione è "*Ambientato in un mondo distrutto da guerre centenarie tra gli uomini e i vampiri*" XXX per la 152° volta nell'ultima settimana, come se Sky volesse arrivare al record di proiezioni, a mio avviso inarrivabile di "*una poltrona per due*". Cambia. Ne ha abbastanza, si è fatto tardi per cominciare a guardare la seconda metà di Lawrence d'Arabia, così decide di andare a letto, dove sua moglie e le sue figlie dormono già da un pezzo. Decide comunque di accendere la tv in camera, anche se ha imparato a sue spese che quando si hanno dei figli sui due anni le televisioni di camera e cucina ogni volta che si accendono sono già pre-sintonizzate su Rai Yo-Yo; chi ha figli in quell'età e finge di non conoscere Ray Yo-Yo mente sapendo di mentire. Pur non essendo una persona credente, capisce che un Dio esiste perché da 4 secondi netti è finita la maratona di 12 ore consecutive di Peppa Pig, e sta per iniziare una nuova puntata dei... Barbapapà... A questo punto deve scegliere tra Quarta Repubblica, dove si parla tanto per cambiare del Covid19 e la famiglia dei Barbapapà che si trova nel parco del Serengeti (puntata che ha visto così tante volte che potrebbe partire lui stesso per la Tanzania e andare a fare la guida per i jeep-safari). L'uomo dello Zapping non ha dubbi, sceglie Barbaforte e Barbabravo che vengono inseguiti dai leoni. Almeno, anche per oggi, un po' di cultura in tv è riuscito a vederla.

"Mi sono accorto che è la TV che dovrebbe pagarci per guardarla!"
Milton Berle

12. Il viaggiatore

Ah, il viaggiatore, finalmente. Quella del viaggiatore è francamente una delle mie categorie preferite, perché si presta a molteplici sfaccettature di ogni tipo e ad ogni latitudine del globo. Ci sono quelli che viaggiano per noia, quelli che lo fanno per affari, altri per staccare la spina, molti solo per vantarsi con gli amici. Tanto per cominciare è giusto dividere questa specie così arzigogolata e contorta in due macro categorie che analizzeremo distintamente, in due capitoli differenti, uno il viaggiatore e l'altro è il vacanziere. Perché sì, è giusto sapere che non basta prendere un aereo, una nave, un treno, o semplicemente la propria auto per essere dei viaggiatori, no. Questo richiede molto, molto di più. Ho girato una discreta porzione di mondo, frequentato svariati aeroporti e incontrato abbastanza persone per poter descrivere diversi casi di viaggiatori che potrebbe capitarvi di incontrare. Caso 1; il viaggiatore capace di viaggiare nel tempo. Ebbene sì, perché dovete sapere, che il vero viaggiatore non si accontenta di avere già organizzato il viaggio di capodanno mentre è ancora in spiaggia ad agosto, no, lui guarda molto più avanti. Per prima cosa conosce a memoria tutti i ponti del biennio successivo, sa esattamente quando cadono natale, pasqua, i morti, il primo maggio, ferragosto e il 25 aprile, lui non è un uomo, è un calendario. Ovviamente sa anche in ogni periodo dell'anno quali sono le mete migliori rapporto qualità prezzo, e comincia a monitorare voli e alberghi con almeno 18 mesi di anticipo. Ecco perché lo chiamo il viaggiatore nel tempo, perché la sua caratteristica principale è quella di aver già organizzato altri 2-3 viaggi ancor prima di aver fatto il primo in ordine di tempo. Lui è avanti, con la mente è già stato nel posto dove vorrà andare, sa già tutto sul clima, su cosa visitare, sugli orari d'ingresso ai musei, sulle spiagge migliori, sui ristoranti, su cosa fare nei giorni in cui pioverà; spesso sa più cose lui su quel luogo di chi ci abita da 20 generazioni. Come detto non è uomo, è una macchina, quando entra su Skyscanner o su Booking il sito lo saluta personalmente con un messaggio del tipo "*bentornato Gino, erano due giorni che non ti vedevo, pensavo ti fosse successo qualcosa*". All'aeroporto di casa poi, gli inservienti del check-in non gli controllano nemmeno più i documenti, ma gli chiedono come stanno i parenti, perché tanto lo conoscono tutti dato che passa più tempo in giro che a casa. Caso 2, il viaggiatore last minute. Questa tipologia solitamente non ha una meta precisa, si limita a guardare sul sito della Ryanair una settimana prima, cerca i biglietti al prezzo più basso e parte, rigorosamente col solo bagaglio a mano. Non importa quale bislacca metà raggiungerà, che sia una ridente cittadina spagnola, un porto sul mar Baltico o una città militare dei Balcani, quello che conta è partire, andarsene, viaggiare. Parte quasi sempre impreparato, compra una Lonely Planet in aeroporto e legge qualcosa in aereo, solitamente ristoranti low cost e attrazioni gratuite. Non ha prenotato un albergo, ma un appartamento lontano dal centro a una trentina di euro a notte, il suo viaggio in sostanza consiste nel ripercorrere le gesta di quello che l'ha recensita sulla Lonely Planet. In giro si fa una marea di selfie da postare su Facebook per dire agli amici "*sono stato qui, sono stato qua*" gli manca solo "*quo*" e poi gli ha fatti tutti. Non viaggia con un senso, viaggia a caso, ma si ritiene il top perché viaggia low cost, non gli importa di arrivare a mezzanotte e ripartire alle 6 della mattina seguente, l'importante è far sapere a tutti quanti "*io lì ci sono stato*". Caso 3, il viaggiatore dei posti famosi. Ecco, questo è il tipico esempio di chi viaggia solo in posti che anche chi non è mai uscito dal bar sotto casa conosce. Quei nomi che è impossibile non aver udito una volta nella vita, "le Maldive, Bali, la Polinesia, la Thailandia, i Caraibi" tutti nomi altisonanti, esotici, che fanno figo. Qualcuno potrebbe anche obiettare che sono tra i posti più belli del mondo e che quindi è normale andarci, e per carità, nessuno è qui a dirvi il contrario. Ma fateci caso. Spesso chi fa questo genere di viaggi, lunghi, costosi, faticosi, con tanti scali, vari fusi orari e tante ore di aereo, spesso non è mai stato a vedere posti dietro casa che meritano se non la stessa attenzione almeno lo stesso rispetto. E sapete perché? Perché in primis molti italiani pur di uscire dall'Italia, perché andare all'estero fa storicamente più figo, non sono mai stati a vedere la Basilica di San Francesco ad Assisi, San Petronio a Bologna, Piazza San Marco a Venezia, gli Uffizi a Firenze, o la Mole Antonelliana a Torino, non dico il Colosseo perché lo trovo scontato e potrei continuare per trenta pagine a descrivere le meraviglie dell'Italia. Ma molti italiani sono troppo modesti per godersi le meraviglie del proprio paese e preferiscono andare dall'altra parte del mondo per vedere quattro baracche e due sassi buttati là, per i turisti. Così il viaggiatore dei posti famosi non viaggia per passione ma solo per ribadire il fatto di poterselo permettere. Caso 4, il viaggiatore col sacco a pelo. A questa categoria di viaggiatori non interessa viaggiare in prima classe, dormire in alberghi di lusso o mangiare al buffet del ristorante. Questi sono veri eroi che viaggiano con un sacco a pelo in spalla, pochi soldi in tasca e vivono di espedienti e autostop. Il loro non è un viaggio di piacere ma uno di sofferenza, una sorta di cammino spirituale per trovare sé stessi, una lotta per la sopravvivenza quotidiana, un viaggio mantenersi vivi. I più estremi di loro poi, non paghi di dormire in baracche a cielo aperto o dentro le stalle con le vacche, non saturi di mangiare un tozzo di pane raffermo e bere acqua piovana, vanno in giro col cilicio ben stretto alla coscia destra, come il celebre Silas ne "*Il Codice da Vinci*". Così facendo sono convinti di espiare i propri peccati terreni per raggiungere la divinizzazione, perché viaggiare non deve e non può essere un piacere ma solo un viaggio. Per il viaggiatore col sacco a pelo in estrema sintesi il viaggio non si concretizza quando si arriva a destinazione, bensì nel come arrivarci, quello è il vero significato. Caso 5, quelli che viaggiano per convenienza. Impossibile direte voi, invece non è vero, e ve lo dimostrerò. Conosco persone che lavorano sei mesi l'anno con occupazioni stagionali, e anziché passare gli altri sei mesi a casa a far niente, pensano bene di andare in paesi del terzo o quarto mondo. Prendono un volo low cost per il Sud America o il Sud Est Asiatico, dormono con cinque euro al giorno in ostelli della gioventù o gratis in campeggio, mangiano una ciotola di riso accompagnata da qualche strano animale, bevono birre locali e non spendono nulla più di quanto strettamente necessario. Con i soldi della disoccupazione e del reddito di cittadinanza, generosamente elargiti dal Governo italiano girano il mondo. Non mandano cartoline, non portano a casa calamite da frigo con i monumenti che visitano, non fanno nulla, passano semplicemente il tempo dove la vita costa meno. Caso 6, quelli che viaggiano per necessità. Pensate ai pellegrinaggi di anziani che due volte all'anno prendono allegramente il pullman dalle più disparate città italiane. Una volta era per le gite organizzate dal parroco o dalla banca, in luoghi come Lourdes, Medjugorje, o per andare in settimana bianca. Oggi è per andare in Slovenia o in Croazia, ma non alle terme o al mare ma dal dentista. Già, perché siccome in Italia per farsi curare una carie sarebbero costretti ad accendere un mutuo, sono costretti ad emigrare nei Balcani per ricevere un trattamento sanitario ad un prezzo onesto. Alcuni con un terzo di quello che avrebbero speso in Italia per fare un'otturazione si pagano il pullman, l'intervento, tre giorni in albergo in qualche ridente cittadina marittima Croata, una serata al casinò e, nei casi più disparati, anche un po' di compagnia con qualche giovane ragazza. Insomma, la categoria di quelli che viaggiano per necessità può sembrare triste, ma in realtà, è forse molto più divertente di quello che sembra.

"Le nostre valigie erano di nuovo ammucchiate sul marciapiede; avevamo molta strada da fare. Ma non importava, la strada è la vita."
Jack Kerouac

13. Il vacanziere

Come promesso, dopo il viaggiatore tocca al vacanziere. Il vacanziere è una persona che, solitamente, dopo aver passato un'intera esistenza nella pensione un Maria di Zadina (un quarto di stella) in estate e nella baita di Josef ad Andalo in inverno, si convince a fare per la prima volta nella sua vita una vacanza all'estero. Decide di prenotare sette giorni con un volo low cost fuori stagione in formula roulette, che non significa dormire in roulette, ma che si paga solitamente per un 4 stelle ma si può capitare in un 3 come in un 5 stelle. Così opta per una vacanza a Sharm El Sheikh per 389 € a persona in formula all inclusive. In quella settimana non uscirà mai dal villaggio turistico, dimenticandosi di *"robetta"* tipo le Piramidi (anche se poi manderà a casa la cartolina con la sfinge), della Valle dei Re e di Abu Simbel, al massimo farà una bella motorata o cammellata nel deserto. Grazie a questa esperienza, per lui già fuori di testa, visto che al massimo aveva fatto un girò in pedalò fino agli scogli di Cesenatico, si sentirà un vero Tuareg, con tanto di spadone di plastica, cammello e tutto il resto. Mangerà sotto la riproduzione di una vera tenda beduina, tutto incappucciato con un turbante messo là, a modi Michael Caine in Ashanti, ma poi cadrà nel più banale degli errori chiedendo il bis di spaghetti alla bolognese. Il vero vacanziere è così, non viaggia perché gli interessa vedere qualcosa in particolare ma perché all'agenzia viaggi gli hanno proposto un bellissimo soggiorno in un villaggio vacanze che potrebbe trovarsi indifferentemente a Cuba, a Creta o a Capo Rizzuto. In alternativa alla settimana sul Mar Rosso, farà la più classica della 4 giorni 3 notti in una città come Londra, con volo con una compagnia cosi low cost, che qualora bastasse il carburante atterrerà nella contea dello Yorkshire, mille chilometri a Nord di Londra. Non dovesse bastare il carburante si ritroverà a fare il bagno nel canale della Manica. Passerà il tempo nella City a farsi i selfie davanti all'insegna della coca cola di Piccadilly Circus, alla torre del Big Ben, e a Buckingham Palace. Per risparmiare, dato che anche i suoi amici che ci sono già stati hanno fatto così, mangerà pranzo e cena al McDonald's di Soho, perché secondo lui "*meglio il McDonald's che la cucina inglese*". Finirà la sua 4 giorni londinese con una fila di 45 minuti e 30 sterline di biglietto per entrare da Madame Tussauds per una foto con le statue di cera di Brad Pitt e Leonardo di Caprio. Mentre il British Museum e la National Gallery (che tra l'altro sono gratis per giunta) sono lì che l'aspettano invano e il povero Van Gogh, che rimugina nella tomba, capirà in quel momento che il vacanziere low cost 2.0 preferisce la sua statua di cera ai suoi quadri di tela. Il vacanziere quando torna da queste vacanze magicamente divenuti viaggi nel vocabolario popolare, ha solitamente la verità assoluta in bocca, e non solo sulla località di mare o la città in cui ha passato 3 giorni o una settimana ma bensì su tutto un paese, sugli abitanti, sul cibo, sulla sicurezza, sulla politica, su tutto. Il vero vacanziere sa tutto, in anteprima, e quello che non sa finge di saperlo. Ora torniamo un attimo sul vacanziere del villaggio vacanze, che tanto mi sta a cuore. Come detto, non importa dove si trovi, potrebbe essere nella Riviera Maya del Messico, in un atollo delle Maldive, sulle spiagge di Phuket o semplicemente a 5 chilometri da casa, per lui è indifferente. In primis perché se gli date un mappamondo e gli chiedete di indicarvi dov'è stato risponderà con un "*boh!!! Più o meno quà...*" indicando un punto a caso, e in secundis perché tanto non uscirà mai dal villaggio, quindi, infondo, cazzo volete che gliene freghi?! Per fare un esempio concreto poniamo che il nostro vacanziere decida di andare in Kenya per capodanno. Alla partenza, una volta arrivato all'aeroporto dove l'attende il suo charter, si incontrerà con la guida del tour operator. Questa figura solitamente dà appuntamento a tutti i vacanzieri di fronte a un banco del check-in qualcosa come 12 ore prima del volo. Nonostante il punto di ritrovo sia ben segnalato con un numero bello grande ed accuratamente esposto in alto sopra il banco del check-in, e che i numeri siano in sequenza ordinale, cosa che di solito si impara in 1° elementare, tipo 1-2-3-4-5 e via dicendo, il nostro vacanziere inizierà a vagare per l'aeroporto come il tonto che è, e sua moglie lo incalzerà con le solite domande opprimenti -ma Gino, avevi detto che sapevi dov'era, e adesso? Se non lo troviamo come facciamo? Non è che partono senza di noi? Gino fai qualcosa ti prego, io voglio andare a Malindi dove ha la casa Briatore, non voglio passare le vacanze in aeroporto… Gino?!?- Ma Gino, che non è uno sciocco, nel frattempo, dopo sole 2 ore perse a zonzo nel terminal degli arrivi ha finalmente capito che doveva recarsi in quello delle partenze, dettagli di poco conto, tanto lui è vacanziere ed è convinto che il suo aereo senza di lui non parta. Trova il suo gruppo vacanze, gli vengono dati i biglietti dell'aereo, i voucher per il villaggio, i tagliandini da compilare per la dogana con i dati del passaporto e generalità varie e via, finalmente comincia la vacanza. Dopo 8 ore di aereo atterra all'aeroporto di Mombasa, un terrificante pullmino scassato e datato probabilmente ante guerra dello Zaire, lo preleva per condurlo sulle lussureggianti spiagge di Malindi. Viene accolto al villaggio da un cocktail di benvenuto con tanto di ombrellino e viene rinchiuso in un mega stanzone con tutti gli ospiti appena arrivati come lui, per il super meeting del villaggio. Perde tre ore ad ascoltare con grande interesse ed attenzione, tutti gli avvenimenti del villaggio che scandiranno la sua settimana, ed è più o meno così. Dalle ore 7 alle 8 c'è la colazione. Alle ore 9 il risveglio muscolare in piscina. Alle ore 10 il gioco aperitivo con la gara di freccette. Alle ore 11 partita di beach-volley. Alle ore 12 gioco aperitivo con tiro alla fune. Dalle ore 13 alle ore 15 la pausa pranzo. Alle ore 15 lo spettacolo dell'animazione. Alle ore 16 si riparte con calcetto in spiaggia. Alle ore 17 gioco aperitivo con la corsa nei sacchi. Alle ore 18 fitness aerobico. Alle ore 19 gioco aperitivo con scopone scientifico. Dalle ore 20 alle 22 pausa cena. Alle ore 22 la baby dance per i più piccoli. Alle ore 23 lo spettacolo serale dell'animazione. Da mezzanotte fino alle 4 di notte c'è la discoteca del villaggio. Il villaggio turistico non è un luogo di vacanze, è un campo di prigionia, è un lager per i lavori forzati, ora capite perché chi torna da questi posti dice che è più stanco di quando è partito. Il nostro vacanziere tuttavia è al settimo cielo, non sta più nella pelle dall'emozione, tant'è che quando gli propongono di fare un Safari che gli porterebbe via un'intera giornata da sottrarre alle mille attività che lo aspettano al villaggio, risponde seccato -macché Safari, abbiamo un sacco di cose da fare qui- e quello che deve vendere le escursioni insiste -ma signore, può vedere il leone, gli elefanti, il leopardo, le giraffe, i babbuini, dal vivo, da un metro di distanza, in mezzo alla savana-. Ma lui, il nostro vacanziere ormai ha deciso, non ha tempo per giocare a Tarzan e il libro della Jungla, lui vuole, anzi deve vincere il gioco aperitivo con le freccette. Così passerà una fantastica settimana dentro al villaggio, collezionando coccarde di 1° classificato o semplice partecipante, mangiando come un profugo al buffet, facendo il bagno in piscina perché l'acqua del mare è troppo fredda. Ciononostante quando tornerà a casa, avrà mille e una storie da raccontare, tipo la gara di bocce, di freccette etc. etc. Poi ci sono i veri fuoriclasse delle vacanze, quelli che in un posto non ci sono mai andati, ma, o perché sono dotati di poteri in stile Nostradamus o perché gliel'ha raccontato la vicina di camera della famigerata pensione Maria di Zadina, sanno per certo che quel posto X è bellissimo o bruttissimo, o bellissimo e bruttissimo allo stesso tempo; quindi si sentono in diritto, e tragicamente anche in dovere di esprimere giudizi su posti dove non sono mai stati. Un classico esempio che circola da un po' di tempo tra i frequentatori della Puglia è "*il Salento ha il mare delle Maldive*" e quello che lo ascolta chiede "*ah, sei stato anche alle Maldive?*" e lui "*No, però l'acqua è uguale*". Mi fanno contemporaneamente un po' ridere e un po' incazzare perché è come un amico che durante una cena ti dice "*Grand Budapest Hotel è bellissimo*" e tu, da ignaro rispondi "*non l'ho ancora visto, tu sei andato al cinema*?" e lui "*No, non l'ho ancora visto nemmeno io, ma ha vinto 4 oscar*".

"Essere in vacanza è non avere niente da fare e avere tutto il giorno per farlo"
Robert Orben

14. Il Condòmino

Se abitate, avete abitato, o abiterete mai (e spero di voi per no) in un condominio allora saprete di cosa sto parlando e di cosa vi potrebbe attendere. Se invece non avete mai avuto il piacere di condividere l'ascensore, il pianerottolo, le scale, o le aree comuni con altri individui, allora, miei cari, mettetevi seduti, fatevi una tisana, prendete un grosso respiro e preparatevi ad entrare in mondo a sé, quello del condòmino. Partiamo dal presupposto che il condòmino non è un uomo, né una donna, è un ologramma da riparto. Non è fatto di organi interni o di un apparato scheletrico, non è fatto di epidermide o di muscoli, è fatto di millesimi. Esattamente, di millesimi, tanti quanti i metri quadri che compongono la dimensione del suo appartamento all'interno della palazzina risultato essere in proporzione dei metri totali del fabbricato. Questo è quello che realmente conta il condòmino all'interno del condominio, più millesimi ha più potere acquista agli occhi dell'amministratore e degli altri condòmini. Dentro una palazzina poi, essendo un immenso agglomerato umano e non, ovviamente c'è di tutto. C'è la classica signora del primo piano, per esempio, lei ha solo 15 millesimi, quindi alle riunioni condominiali il suo potere decisionale è pari a quello della Grecia all'Europarlamento. Ciononostante la signora 15 millesimi vuole dire la sua sulle spese previste per il quinquennio successivo, si lamenta perché a fine agosto (ci sono 29 gradi fuori) con *"l'arrivo dei primi freddi"* la caldaia non è ancora accesa, rompe le balle sulle bici posteggiate 2,8 centimetri oltre il confine condominiale. La signora 15 millesimi ha solitamente l'età di Matusalemme più o meno, è vedova da circa 87 anni e i suoi figli e nipoti sono talmente vecchi che è lei che va a trovare loro per portargli la spesa. Nonostante questo, si aggira per il condomino come Zorro, agile, lesta, furtiva, sa tutto di tutti, conosce ogni tresca, intreccio, relazione, sa a memoria i nomi dei 5 figli della coppia del piano di sopra ed è sempre la prima a tirare su le tapparelle al mattino. Poi c'è la coppia del secondo piano, quella con 5 figli e 22 millesimi. Il loro appartamento in realtà non è un appartamento, è un dormitorio da caserma, nel quale una delle due camere da letto originale è diventata la stanza degli armadi, e l'ormai ex glorioso salone è stato attrezzato con svariati letti a castello. Questa coppia, nonostante i suoi 22 millesimi occupa tre posti auto e sette posti bicicletta e la cosa proprio non va giù agli altri condòmini. L'ascensore poi, è sempre sporco, perché i figli più piccoli ci entrano con le scarpe infangate dopo aver corso in cortile, e insomma, sono i più odiati di tutto il condominio. C'è poi, al terzo piano, un signore di mezza età, grasso e puzzolente che vive ancora con i genitori, nella sola attesa che schiattino per cuccarsi l'appartamento. Non avendo mai trovato una donna ha deciso di prendersi tre cani, un barboncino, un beagle e un San Bernardo, essendo quest'ultimo un tipico e noto cane da appartamento. Quando porta fuori i cani la sera, il San Bernardo lascia dei ricordini sul marciapiede manco fosse Seabiscuit, che lui, il grassone puzzone non si degna di raccogliere perché è talmente antisportivo che il solo chinarsi rappresenterebbe per lui un impensabile spreco di energie e soprattutto calorie, tanto faticosamente accumulate negli anni. I cani, oltre alla puzza del padrone, sono ovviamente motivo di discussione con gli altri membri della palazzina. Ad ogni riunione di condominio viene preso di mira il Barboncino, in primis perché è l'unico dei tre che abbaia in continuazione, e in secundis perché nessuno ha il coraggio di prendersela con Seabiscuit... ehm, con il San Bernardo. I genitori, che di millesimi ne hanno 32 però, hanno molta influenza sulle decisioni condominiali, e nonostante siano in uno stato catatonico di morte apparente, prendono sempre le difese del figlio, a spada tratta. Al quarto piano c'è una coppia con un figlio piccolo, ma non sono proprietari, bensì inquilini. Pertanto non essendo etichettabili con i famosi millesimi, la loro presenza non solo non conta nulla per nessuno, ma passa completamente inosservata. Dopo 7 anni che vivono nel condominio, gli altri abitanti a stento gli salutano in quanto ritenuti essere inferiori poiché non proprietari. Non conta che non rompano i maroni a nessuno, che non occupino abusivamente spazi altrui o che non abbiano cani che abbaino e che lasciano quintali di letame sul marciapiede, quello che conta è che non sono proprietari di millesimi, e questo in un condominio è una cosa inammissibile. La dirimpettaia di pianerottolo, proprietaria anche del loro appartamento, è la famigerata signora 101 millesimi, in quanto, oltre al suo e a quello della coppia in affitto, possiede anche un altro appartamento al piano terra, perciò è temutissima e rispettata da tutti. Lei sì che conta nel contesto condominiale, infatti è rispetta alla pari di un Senatore a Vita. Dalle sue labbra escono spesso sentenze sui lavori di ristrutturazione da fare o da non fare, sugli addobbi natalizi e sulle regole di posteggio nel parcheggio comune. Il marito è un hobbista, ovvero uno che, avendo sposato una palazzinara con ricca dote a seguito, non ha mai fatto un cazzo nella vita. Passa le sue giornate a fare avanti e indietro con l'ascensore, spesso per andare a buttare un tovagliolo sporco direttamente nel bidone dell'immondizia in strada. Esce in pigiama e babbucce come se tutto il condominio fosse casa sua. È poi uno di quelli che, nonostante potrebbe permettersi di molto meglio visto la dote della moglie, gira con una vecchia Fiat 126 Station Wagon; probabilmente una delle macchine più brutte della storia. Tuttavia, non avendo nulla di meglio da fare, quando non è a buttar fuori la spazzatura, passa le sue giornate a lavare e ad asciugare la macchina. Sbatte i tappetini, lucida il volante (che più che un volante sembra un timone da vascello) olia gli ingranaggi, toglie la polvere dai sedili, e poi, mica la usa, la rimette in garage, con migliaia di manovre che il buco nell'ozono ringrazia. Quella macchina è talmente vecchia che altro che euro 6, qui non siamo nemmeno a Italia 2 o Italia 3, siamo alla classe energetica delle Repubbliche Marinare. Così dopo aver gassato per bene la signora del piano terra, che ha la finestra proprio di fianco al suo garage

ma non può proferire parola perché è in affitto da loro, lui se ne rientra in casa bello felice, e contento di aver fatto sera un'altra volta. Passiamo dunque al quinto piano, quello in cui abito, o meglio, abitavo io. Il quinto è storicamente il piano che nessuno vuole, a meno che non sia l'ultimo e quindi l'attico, per i seguenti motivi. Per prima cosa si ritiene, ed è una credenza condominiale molto diffusa, che il quinto piano porti sfiga; non so perché e non mi interessa saperlo. Il secondo, e ultimo motivo, è perché il quinto piano è il piano più sfigato per l'ascensore. Paga più di tutti essendo in cima e quindi si presume venga utilizzato di più, ma invece non è vero, o almeno, non lo era nel mio caso. Non immaginate quante volte, uscendo di casa alle 9 meno un minuto, e dovendo ancora portar fuori il cane prima che si cagasse addosso, portare le figlie all'asilo entro le 9, e contemporaneamente, essere in ufficio sempre entro le 9, l'ascensore per me fosse questione di vita o di morte. E invece? Invece era sempre, perennemente, indiscutibilmente occupato, ma non per il tempo di una corsa da terra al quarto piano. No, era occupato da quei pirla che, non avendo un cazzo da fare dalla mattina alla sera andavano su e giù con l'ascensore nei vari piani a cercare qualche altro pirla con cui fare due chiacchere. Non paghi di aver già creato abbastanza fastidio a chi dell'ascensore ne aveva realmente bisogno, si piazzavano con un piede davanti alla porta per non farselo *"portar via"*, e cominciavano a fare delle conversazioni infinite, infinite e sconclusionate per giunta. A quel punto le strade erano tre:
La prima era correr giù per le scale alla Marcell Jacobs con figlie in braccio e cane al seguito a modi cane da slitta, con la differenza che io ero il cane che tirava e lui la slitta da trainare.
La seconda era procurarsi un paracadute e lanciarsi dal terrazzo direttamente sul parcheggio sperando di atterrare sul morbido.
La terza e ultima, che iniziai ad adottare dalla seconda mattina in cui abitavo in condominio, fu mandare varie imprecazioni e improperi direttamente giù per la tromba delle scale, urlando qualcosa come *"allora... è una roba lunga puttana vigliacca?"*

"Parlo da solo. I vicini spesso si lamentano perché uso un megafono."
Steven Wright

15. Il telefonino dipendente

Il telefonino dipendente è un soggetto che da quando è stato inventato quell'apparecchio infernale non può più farne a meno. Poiché non c'era già abbastanza gente rincoglionita in giro avevamo proprio bisogno di inventare anche il telefonino con le App. Quante volte vi capita di vedere gente che cammina con lo sguardo fisso sul proprio smartphone, i-phone o tablet? Non bastasse il fatto che non ne avevamo già abbastanza di zombie che vagavano, a caso, nelle grandi città, seguendo l'applicazione che gli diceva dove andare, quando fermarsi, dove mangiare, quando andare al bagno e perché farlo. Non era già abbastanza avvilente vedere i fan di Gigi D'Agostino spacciarsi per tanti piccoli gattini figli del gatto di Sarabanda, citando canzoni dei Pink Floyd, come appartenessero al loro retaggio culturale da sempre; lo facevano solo perché un'applicazione del cellulare gli diceva, titolo, artista, anno, dischi venduti etc. etc. Non aveva già abbastanza rotto i coglioni, il vedere migliaia di scimpanzé senza pollice opponibile dinnanzi alla piramide del Louvre, al Big Ben, alla Sagrada Familia, al Colosseo o all'obelisco di Luxor, farsi selfie, con una prospettiva degna del premio Pulitzer, o mentre fingevano di tenere in mano, o per la punta, i suddetti monumenti. Non avendo, grazie al cellulare, creato già abbastanza rincoglioniti, qualcuno, un giorno, ebbe la geniale pensata di inventarsi il Pokemon Go. Ora, io posso capire (non accettare) i bambini e i ragazzini, che invece che correre dietro a un pallone, giocare a nascondino, suonare una chitarra o fumare di nascosto nel campetto della parrocchia, passino le loro giornate in un mondo virtuale a caccia di non ho ben capito cosa. Ma sono gli adulti! gli adulti!! gli adulti!!! quelli sì che mi mettono il terrore. Vedere persone di 25-30-35-40-45-50 anni e forse più, correre come i cercatori d'oro in Alaska, alla ricerca di un bamboccino virtuale, rischiando rovinose cadute con annessi menti, denti, gomiti, rotule e ogni arto e organo sano rimasto, il cervello no (quello non c'era nemmeno prima è evidente) mi mette seriamente paura. Qualcuno direbbe che è la moda 2.0, quella del XXI secolo; per me, in estrema sintesi, non è altro che ciò che fa passare il proprio status da rincoglionito cronico (o come diciamo noi romagnoli invornito) a rincoglionito superstar. Non pretendo, e ci mancherebbe altro, di vedere in giro solo dei "*fan*" del Caravaggio, di Tolstoj, di Chopin, di Monet, di Shakespeare, di Kasparov o del British Museum, mi accontenterei di qualche fan di Topolino, di Montanelli, di Sting, di Nick Hornby, di Edward Hopper, delle parole crociate, dei Musei San Domenico, non penso di chiedere troppo. E invece, è evidente che io chieda troppo. Vedo i musei che sono vuoti e i centri commerciali pieni, e le librerie che sono piene di libri e vuote di clienti, mentre i negozi di telefonia sono pieni di clienti e vuoti di cellulari. Se poi facciamo in modo di rimpiazzare pure le normali passioni dei nostri figli per uno strumento o uno sport (qualunque essi siano, pure il triangolo e il volano) con il Pokemon Go, allora significa che abbiamo toccato veramente il fondo. Ma, chiusa la parentesi del Pokemon Go, che è solo una delle moltitudini sfaccettature del telefonino-dipendente, torniamo a concentrarsi su questo, singolare animale che cammina su due zampe. La sua giornata comincia solitamente intorno alle 7 e 30 di mattina, quando, non farò nomi di marche di cellulari, il suo i-phone 13 ultimissimo modello, gli dà la sveglia con la Cavalcata delle Valchirie di Richard Wagner, appositamente riadattata per cellulare. La vecchia sveglia da comodino, quella che possedeva da quando aveva 5 anni, il nostro telefonino-dipendente l'ha gettata nel bidone nonostante funzionasse benissimo e non si scaricasse mai. Invece l'i-phone 13 nonostante sia stato progettato da Marziani con minerali provenienti da un asteroide di un'altra galassia, si scarica, anche perché, il poveretto sta acceso tutta la notte a scaricare nuove applicazioni, aggiornamenti, condizioni meteo e variazione degli indici della borsa di Tokyo. Alle 8 il nostro uomo, dopo aver fatto colazione con caffè e sigaretta è sul water, e comincia a farsi la carrellata di cazzi altrui su Facebook, Instagram, Twitter e ogni social nel quale si sia preventivamente iscritto. Posta un commento tipo "*non disturbatemi sto cagando*" e poi, una volta finito, corre a vestirsi. Mentre si allaccia le scarpe controlla quanti like (in italiano *mi piace*) ha preso il suo memorabile commento. Ne ha già 18 (diciotto che come lui non hanno niente di meglio da fare) e questo solleva non poco l'umore della sua giornata. Esce di casa per recarsi al lavoro, dopo aver controllato sul cellulare di quanto è in ritardo il prossimo treno, decide che è giunto il momento di verificare i messaggi di WhatsApp. Tra il gruppo del lavoro, quello degli amici del bar, la squadra del calcetto, e altri gruppi occasionali tipo "*cena di Natale*" o "*regalo compleanno Gino*" nella notte appena trascorsa gli sono arrivati 1.325 nuovi messaggi. Messaggi che ovviamente non leggerà, ma si limiterà a guardare l'ultimo postato in ogni gruppo e rispondere con tante faccine sorridenti, pollici alzati o con un "*ahahahahahahah*" incurante che in una delle suddette chat si stesse parlando di un funerale. Arrivato al lavoro la prima cosa che fa è collegarsi al Wi-Fi aziendale per non consumare i Gigabyte del proprio abbonamento, poi comincia a mandare sms, MMS, messaggi e WhatsApp. Verso le 12 e 30 decide di consultare su un'apposita applicazione per i-phone 13 il sito mobile di TrypAdvisor per decidere, in base ai commenti degli utenti in quale ristorante andare a mangiare. Uno di questi ha 5 stelle di punteggio, e anche se c'è scritto che servono carne di cane poco cotta a 500 € al piatto, lui se ne frega, perché non gli interessa, TrypAdvisor ha detto che lui deve andare lì e lì lui andrà, perché con il Web non si discute. D'altronde per uno come lui solo gli sciocchi possono mettere in discussione internet. Passa il suo pranzo a fare foto al delizioso "*Pasticcio di Yorkshire*" che in questo caso non ha nulla a che vedere con il vero pasticcio inglese, e a postarle sui social seguite da frasi tipo "*sto mangiando cose buone presso centro di addestramento, tolettatura e cucina cinofilo, solo per i veri amanti degli animali!*" A pranzo finito paga e riceve in omaggio una simpatica targhettina che riporta il nome del povero ex defunto cane e il numero di cellulare del centro cinofilo. Esce in strada e controlla sull'applicazione del meteo che tempo sta facendo in quell'istante; il sito dice che sta piovendo, mentre dove si trova lui in realtà c'è il sole, e lui anziché essere felice per il tempo clemente e darsi del cretino da solo, commenta con una frase del tipo "tempo *maledetto, non ci prende mai una volta*". Tornato in ufficio il nostro uomo si appresta a mettere in carica il suo i-phone 13 e a controllare eventuali nuove notifiche e lo stato di avanzamento dei like da parte dei suoi followers. Verso le 7 di sera prende il treno, si mette le cuffie e si ascolta un po' di musica a caso scaricata illegalmente grazie alle app del suo compagno di vita. Una volta a casa legge cosa potrebbe farsi da mangiare su una nota applicazione di cucina, poi la guida tv, e nonostante abbia un televisore da 1 milione di pollici preferisce guardarsi un film in streaming sui 7 pollici del suo i-phone 13. Tra una battuta e l'altra fa una pausa per condividere alcune cose a suo dire divertenti, quali sketch di Maccio Capatonda intervallati da frasi di Kant o Platone prese da un sito di aforismi. Così, dopo un'altra estenuante giornata passata a tu per tu con il suo alter-ego a 7 pollici è finalmente giunto il momento di andare a letto. Il nostro telefonino-dipendente, prima di coricarsi, decide di leggere un paio di... pagine, no, righe, no, parole, no... diciamo di lettere, di un fantastico romanzo e-book che parla di telefonini di ultima generazione che aveva acquistato qualche anno prima, quando ancora aveva l'i-phone 1 e del quale è già arrivato a pagina 9. Quelle due lettere gli conciliano talmente il sonno che prima di addormentarsi posa il cellulare sul comodino a 8 centimetri netti dalla sua testa e pensa *"poi dicono che stare al cellulare, fa male per le radiazioni e altre stronzate simili, va là che vi frego io, oggi non ho fatto nemmeno una telefonata".*

"Se continua così, l'uomo si atrofizza tutte le membra, tranne il pulsante-dito."
Frank Lloyd Wright

16. L'amico dei Porno

L'amico dei Porno, è la più classica delle conseguenze all'uomo telefonino. È scientificamente provato, che in qualunque gruppo di WhatsApp che conti almeno tre (a volte ne bastano 2) individui maschi compresi tra i 12 e 100 anni d'età ce ne sia almeno uno che condivida del Porno. Che poi siano foto o video per l'amico dei Porno non è importante, per lui quello che conta davvero è condividere zozzerie come se questo lo rendesse un uomo migliore. Già me l'immagino, tutto eccitato mentre spinge il tasto condividi nel gruppo del calcetto o in quello del lavoro, sperando di ricevere esaltazioni, note di merito, o commenti del tipo *"te si che sei un grande"*. Ho studiato, A dirla tutta poco, psicologia, e se c'è una cosa che non riuscirò mai a comprendere della psiche umana maschile è *"perché uno sente il bisogno di condividere dei Porno?"* forse perché avrei dovuto studiare di più, magari oggi conoscerei la risposta. Chissà magari in qualche saggio di Ernst Weber o di Franz Brentano avrei trovato le risposte che cercavo, anche se presumo sarebbe molto più facile chiedere chiarimenti a Rocco Siffredi in persona. Certo è che se Ernst Weber o di Franz Brentano avessero avuto i mezzi di Rocco non solo avrebbero fatto più soldi, ma si sarebbero sicuramente divertiti di più nella vita. Sta di fatto che l'amico dei Porno se ne frega altamente se gli chiedi cortesemente di smettere di mandarti schifezze in continuazione, anche perché, lo scaricarli consuma batteria e consuma i famosi Gigabyte. Inoltre rimangono (probabilmente per sempre) in qualche cartellina del tuo cellulare, che tu, manco volendo ritroveresti mai, ma sicuramente sarà la prima cosa che vedranno i tuoi figli quando paciugano col tuo telefono. Se poi, a trovarli fosse tua moglie, ecco che tu, tu che ne ignoravi l'esistenza, verrai apostrofato come un -porco, maniaco, schifoso, lurido, verme, maiale, pervertito, depravato, turpe, scostumato, sadico, degenerato- fino alla richiesta di divorzio. Nemmeno ti avesse beccato a letto con sua sorella mentre giravate un porno con il suo abito del matrimonio. A nulla poi ti serviranno le tue molteplici giustificazioni come *"ma tesoro è stato Gino, è lui che manda quella robaccia su WhatsApp, io non sapevo nemmeno che fosse arrivata, te lo giuro"*. Gino, che ovviamente fa il leone con gli amici ma il coniglio con le loro mogli negherà tutto, perciò dirà che gli avevano rubato il cellulare ed evidentemente, i ladri, si sono messi a condividere dei Porno col suo telefono nelle chat dei suoi amici. Il tutto sta in piedi benissimo come potete ben immaginare, quasi come quelli che in prima media andavano all'edicola a comprare i "*giornaletti*" spacciandosi per maggiorenni. L'amico dei Porno poi, è colui che anche se non invia foto o video sconci manda barzellette, aneddoti, aforismi, sempre e comunque a sfondo sessuale. Lui non ha una normalissima suoneria nel telefono ma ha un pezzo che fa più o meno così *"Ma quando viene sera, tu mi parli d'amore, e guardandomi negli occhi, mi fai sentire davvero, una donna un po' porno..."*. L'amico dei Porno è un sessista infoiato che ce l'ha sia con i gay che con le donne, ma ciononostante passa la propria giornata, e la propria vita, a guardare donne e uomini nudi che ne fanno di tutti i colori. E lui, lui che vedendo tutti quei teatrini fantastica nella sua testa acrobazie da circo Togni con la moglie, quando tornerà a casa la sera non solo rimarrà deluso ma si scontrerà con la triste realtà. Avendo passato tutto il giorno guardando donne... che dico donne... modelle, con la quinta di seno, all'apparenza duro come il marmo, con sederi scolpiti, senza un filo di grasso né di cellulite, vestite con abiti succinti e perizomi che paiono più fili interdentali che mutande, farne di ogni a uomini con fisici scultorei, genitali enormi, e che hanno la stessa durata più o meno di una partita di NBA ai playoff, si è immaginato di ripetere le stesse scene con la propria moglie. Ma quando, dopo cena si presenta in camera da letto la scena che si trova di fronte è più o meno la seguente. La moglie con il pigiama di Peppa Pig, mutandoni ascellari appartenuti con ogni probabilità a qualche bisnonna defunta, peli nelle gambe che sembrano tronchi di sequoia secolare, e lo stesso entusiasmo nel fare l'amore con lui di un nero spedito a calci in culo un meeting del Ku Klux Klan. Lui, dal canto suo, se possibile è ancora peggio. Ha un fisico da sollevatore di ipotesi, un po' di peluria sparsa qua e là nel petto e nella schiena, due gambe che sembra gli siano state date in dotazione per dispetto e un principio di calvizia che farebbe passare la voglia anche a Cicciolina in persona. Ma lui ha ben pensato di sopperire a queste lievi e, a suo modo di vedere, banali mancanze con un abbigliamento da supereroe. Si presenta infatti con le mutande di Superman, un cappello da cowboy e la cassetta stile idraulico e dice -le si è rotto un tubo signora? - la moglie, che già ne aveva poca voglia prima ed ha acconsentito a quella messa in scena solo compiacere quella povera bestia che si ritrova al posto del marito, risponde -dai va là semo (in italiano scemo), vieni avanti e non rompere i maroni-. E così, con la bellezza dei suoi 12 centimetri di membro grazie a due pasticche di viagra, l'amico del Porno sfodera una prestazione da urlo. Sì, l'urlo della moglie che dopo ben 37 secondi urla -hai già finito? Cioè, tutta sta pagliacciata per nemmeno un minuto? - Ma lui non si dà per vinto, e prova in tutti i modi a convincerla di aver fatto una grande prestazione. -Guarda cara che ti sbagli, innanzitutto da quando sono entrato in stanza sono passati almeno 5 minuti, e poi, che pretendi? Non è mica un lavoro- e lei, talmente convinta da tutto ciò risponde -ma vai a cagare va-. Come dicevamo, l'amico dei Porno poi, è solerte a condividere anche barzellette sporche e ogni genere di idiozia a sfondo sessuale, così un giorno ti manda un WhatsApp con "*Cosa fanno due gay in mezzo alla neve? si tirano le palle!*" Talmente divertente che se pensi che Gene Wilder ha perso tempo nel recitare in Frankenstein Junior quando poteva raccontare barzellette di quel calibro ti viene il nervoso. Poi, non pago c'è la volta che ti inoltra uno sketch dei Simpson, e tu pensi "*oh, finalmente non è un porno!!!*" e infatti il tutto si può riassumere così: Homer Simpson ha appena avuto un incidente e

l'assicuratore dopo alcune domanda gli chiede: -Prima di darle l'assegno un'ultima domanda. Questo posto "*Da Boe*" in cui lei si trovava poco prima dell'incidente era un luogo di affari di qualche genere? - Il cervello di Homer pensa -Non dirgli che eri in un bar... non dirgli che eri in un bar… Uh! Ma cos'altro è aperto di notte? – il cervello di Homer a quel punto trova la soluzione a tutto -È un negozio di pornografia! Stavo comprando della pornoschifografia! - Ecco, questo è il livello a cui può arrivare l'amico dei Porno, anche quando il Porno non c'entra nulla, lui fa in modo e maniera di tirarlo fuori. Una volta per giunta, si era messo a condividere una serie di titoli di film, a suo dire parodie di capolavori Hollywoodiani e non, dei quali, cambiando solo una lettera venivano fuori delle perle memorabili. Andò avanti così per una settimana, e chi lo aveva amico in uno o più gruppi WhatsApp, Facebook o Telegram si vedeva arrivare a turno roba del tipo:
"L'importanza di chiavarsi Ernesto"
"Johnny Stai Chino"
"Trombo di Tuono"
"Un Trans Chiamato Desiderio"
"Biancaneve e i Sette Cani"
"Fronte del Porco"
E tanti, tanti, tanti altri, fino a che gli amministratori dei vari gruppi non lo eliminarono finalmente da ogni conversazione. Ma lui imperterrito iniziò a mandare mail, messaggi, addirittura messaggi vocali nella segreteria telefonica di casa. Insomma, l'amico dei Porno è un'ossessione, un incubo, una tragedia, non è un uomo, è robot della perversione. Nessuno ha mai ben capito quale sia la sua missione, il perché lui continui a condividere all'infinito roba che a nessuno interessa o che nessuno vuole, ma lui va avanti, dritto per dritto per la sua strada, perché l'amico dei Porno è così, prendere o lasciare. L'unico aspetto positivo, è che almeno sapete sempre cosa regalargli per Natale.

“Un film porno non ti deluderà mai. Non puoi dire: "Però non mi aspettavo che finisse così”
Richard Jeni

17. Il Grafico

Esiste, da sempre, un sottile legame che lega l'uomo all'arte come un filo invisibile, di una natura quasi ancestrale. L'uomo ha bisogno dell'arte per elevare il suo spirito all'apogeo del suo volo, l'arte ha bisogno dell'uomo per esistere. Indissolubili, inalterabili, come l'atomo e il Cern, come la calamita della torre Eiffel e il vostro frigorifero. Spesso però ci si dimentica di un irrilevante, irrisorio, marginale dettaglio, il talento. Ecco appunto, vi parla uno che a trentacinque anni suonati disegna ancora la figura umana maschile o femminile indistintamente. Volete sapere come? Cerco di insegnarvelo restando possibilmente umile. Si prende un foglio, bianco possibilmente, una matita, appuntita possibilmente, poi si fa un cerchio nel foglio, tondo possibilmente, e una stanghetta, dritta possibilmente verso il basso e collegata al cerchio, mi raccomando questo è un passaggio fondamentale. A questo punto creiamo due ramificazioni poste alla base della stanghetta verso il basso e due che partono da circa metà verso i lati del foglio. "Et voilà" avrebbe esclamato Napoleone, uno che siccome non era capace di disegnare, i quadri preferiva rubarli in giro, ma questa è un'altra storia. Comunque se avete seguito le mie istruzioni alla lettera il risultato ottenuto dovrebbe essere più o meno questo.

Visto che me l'hanno già chiesto in tanti, "no", la risposta è che non ho fatto l'istituto d'arte, corsi da designer, da grafico né da pittore all'Accademia Reale di Belle Arti come Degas, è tutta farina del mio sacco, giuro. Lo so, il talento nel disegno ce l'hai o non ce l'hai, il mio è sempre stato un talento nascosto, nascosto molto, ma molto bene devo ammettere. Detto questo, persone come me, seppur dotate di un talento immenso fuori dal comune, capita che si debbano rivolgere a dei grafici. Ma chi sono i grafici? Intanto sono degli individui che esistono davvero ve lo giuro, che passano ore davanti a computer grandi come il reattore della centrale nucleare di Chernobyl a paciugare con mouse e tastiera. Hanno monitor della Apple talmente vasti che in proporzione il logo della mela posto alla base dello schermo è più grande di una mela vera. Ho visto i grafici più nerd tentare più volte di afferrarla per provare a mangiarsela. Perché fuori da quel mondo fatto di chart tabl, di line chart, di bar chart, insomma di tutto quello che contenga chart nel nome, sono perlopiù dei disadattati sociali. Un grafico non regala un mazzo di rose al primo appuntamento, no! Un grafico manda il disegno di una rosa in 3D tramite un link di WeTransfer per fare colpo su una ragazza. E così come le cortigiane dovevano indossare la parruccona ai tempi del Re Sole, anche il grafico ha un suo dress code da rispettare. I capelli devono essere rigorosamente corti ma non troppo, pettinati ma anche spettinati, così da dover dare senso di serietà ma anche di inventiva, di genio e di sregolatezza, un grafico deve apparire come un Mozart quasi del tutto ubriaco insomma. Gli occhiali da vista, elemento fondamentale, un grafico non può non avere gli occhiali da vista, anche se ci vede benissimo, anche se ha dodici decimi di vista, un grafico deve portare gli occhiali a costo di togliere le lenti, altrimenti non è credibile. Poi felpa stile anni 90' con cappuccio, pantaloni di jeans strappati e Vans ai piedi. Il prototipo della generazione X con un pizzico di Z, Y e W, in pratica un alfabeto di epoche diverse. Quindi mi presento dal mio grafico per proporgli la mia idea del mio sito Internet, che pagherò con i miei soldi. -Senti, vorrei fare una cosa d'impatto ma non trash, una roba semplice con il logo in alto ben visibile- gli dico. -Ma sei matto?!?- mi risponde come se gli avessi detto che volevo buttarmi dall'Empire State Building a testa in giù e senza paracadute. -Questa roba andava di moda nel 2021, ormai è acqua passata, carta straccia, roba vecchia, ma dove vivi nella preistoria? - Ecco, siccome siamo nell'Anno Domini 2022 e il 2021 era ieri l'altro la sua risposta mi suona un tantino da presa per i fondelli. -Va bene, allora facciamo qualcosa di più moderno- mi limito a rispondere. Così inizia a buttare giù una serie di schizzi sul PC pigiando tasti palesemente a caso, che creano forme e immagini palesemente a caso, facendo esattamente tutto il contrario di quello che avessi chiesto, ma va bene così, d'altronde io vivo nella preistoria e sto ancora aspettando l'invenzione della ruota. Mi dice che ci vorranno dalle due alle tre settimane per fare il lavoro, eh vabbè, dovrà fare il sito della Gioconda penso io, così lo saluto e ci riaggiorniamo via mail. Passano due, tre, quattro settimane non ho sue notizie, così, in un mix tra il brutto presentimento e la speranza che gli sia successo qualcosa di grave decido di mandargli io una mail. -Tutto a posto per la grafica del sito? Non ho più avuto notizie-, la risposta -Ma secondo te Giacomo Sistino stava così addosso a Michelangelo perché gli dipingesse la cappella? -. Ora, non so voi, ma io non ho cappelle da far dipingere, e anche se ne avessi probabilmente utilizzerei il fai da me, comunque… Qualche giorno dopo mi scrive una mail con l'anteprima del lavoro, rinominata Workout#technology#tech#smartphone#design#apple# innovazione#futuro# e tutta un'altra sfilza di minchiate che vi risparmio. A seguire il preventivo, 10.000 € più iva, *"ammazza oh, spendevo meno se noleggiavo una macchina del tempo e andavo da Andy Warhol in persona"* penso. Apro il file coi 4.000 hashtag convinto, visto il tempo e il costo di realizzo di trovarmi di fronte il più grande capolavoro mai realizzato dall'uomo sulla faccia della terra da tempi della piramide di Keope, e cosa vedo?

Lui. Era proprio lui, il mio omino stilizzato schiaffato in cima al mio sito Internet, con la scritta “volere è potere”. E tu, Cielo, dall'alto dei mondi sereni, infinito, immortale… no aspettate, quella è un’altra storia, dicevamo, e tu, pensi, dall’alto dei tuoi 10.000 €, sudati, finiti, mortali, che schifezza è questa, una cagata mondiale. Così prendi in mano il telefono, un Huawei p20 (lite però perché sei uno sborone) e lo chiami. Ti risponde una voce robotica meccanizzata che dice più o meno così -Risponditore automatico delle Apple, come posso aiutarla? - prima smadonni in un dialetto veneto, e poi -vorrei parlare col signor Gino- e lui (il robot) –mi spiace ma questo dispositivo altamente snob non riceve chiamate da questi dispositivi simil cessi cinesi- tu tu tu tu… cioè il robot, il robot ti ha riagganciato il telefono in faccia, e tu, ma non tu tu tu tu, proprio tu, tu persona, capisci tre cose in quel momento. Primo che Morgan Freeman anche se ha interpretato Nelson Mandela non ha fatto una minchia per l’apartheid, secondo che il film A.I. Intelligenza Artificiale così come altri di Steven Spielberg tipo Jurassic Park ed E.T. non sono tratti da storie realmente accadute e, terzo e non di meno conto che forse vivi veramente nella preistoria e stai ancora aspettando l’invenzione del fuoco e della ruota. Questi sono giovani, sono avanti, sono cool, sono gli Yuppies del ventunesimo secolo, sono i millenial, e tu invece, sei solo tu, ma stavolta sei davvero tu tu tu tu.

"Il mio falegname con trenta mila lire la fa meglio"
Giovanni Storti

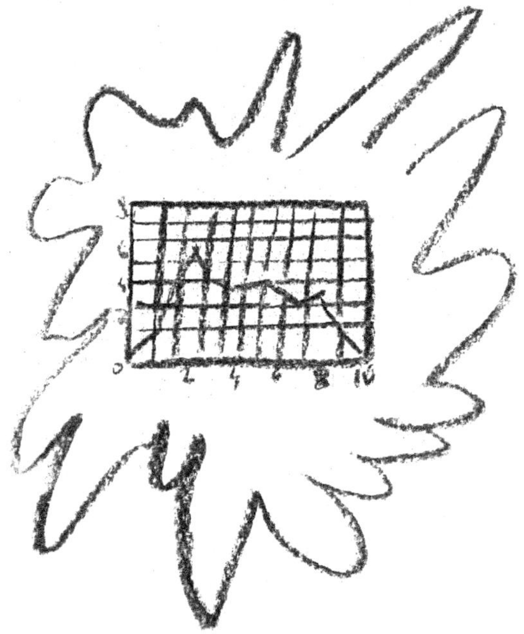

18. L'ingegner(i)a

Quella dell'ingegnere, diciamolo onestamente, non è propriamente la prima professione alla quale mi viene da pensare se penso alla parola "*divertimento*". Nel dizionario della lingua italiana Ingegnere viene definito come *"Laureato in ingegneria che studia e cura le possibili applicazioni pratiche delle conoscenze scientifiche: i. chimico, meccanico",* due palle insomma... Certo esistono professioni meno entusiasmanti come gioia di vivere, il becchino ad esempio, diciamo che l'ingegnere è una via di mezzo tra Woodstock 1969 e il becchino. A meno che... a meno che l'ingegnere non sia una donna. Credo nella classifica delle tre libere professioni per donne rompicoglioni ci siano al terzo posto la figura del commercialista, al secondo l'avvocato, e al primo l'ingegnere. Ve l'immaginate una donna ingegnere? Già una donna è di suo rompicoglioni, e questo deriva dal fatto che ha più neuroni di un uomo, vale a dire almeno due, l'uomo di solito ne ha uno. Ma poi lo è per natura, a scuola ad esempio, le bambine hanno sempre le matite appuntite perfettamente, sempre lunghe, perfette, tenute nell'astuccio vicino alla gomma e al temperino, prese fuori al bisogno e riposte con cura al momento del non utilizzo. Prendete quelle dei bambini, già è un miracolo se ce l'hanno, e comunque sono spezzate a metà, mangiucchiate, senza mina, scarabocchiate col pennarello, vengono tenute sul banco al solo scopo di scarabocchiarlo e quando non servono vengono appicciate col chewingum sotto al banco. Non c'è niente da fare, le donne, si sa, sono per natura più attente, precise, meticolose, scrupolose, rigorose, diligenti, sono più rompicoglioni in pratica. L'uomo quando si alza la mattina non penserebbe mai di rifare il letto, ci prova, ma il suo unico neurone lancia un impulso per domandare il da farsi, ma lui vaga, vaga, vaga invano dentro quella vuota scatola cranica che si ritrova in dotazione e rimbalza da una parete all'altra senza riscontro. Quindi fissa il letto con sguardo ebete per qualche minuto e poi lo lascia lì, così com'è, il suo unico neurone ha pensato -tanto stasera si disfa di nuovo, perché far della fatica-. La donna? Guai, guai se non si rifà il letto appena svegli, delitto, sacrilegio, omicidio, il letto si rifà, punto. Non c'è un senso logico in tutto questo, non esisterà mai una motivazione che possa convincere un qualunque uomo del perché o per come un letto vada rifatto, si rifà, punto, e si rifà come dice lei, punto. Quante volte avrete sentito questa risposta di una donna alla domanda -ma cosa lo rifacciamo a fare che tanto stasera andiamo a dormire e lo dobbiamo disfare?- e lei –metti che venga in casa qualcuno non voglio far trovare in disordine- e lui –ma qualcuno chi che non abbiamo ospiti da quindici anni?- e lei –metti che venga mia madre...- ecco a quel punto, già provato da cotanto pensare, l'uomo è in preda ad un attacco di panico che se gli avessero detto che la terra era stata invasa dai marziani al confronto sarebbe stato felice, ed ha un mancamento. Mancamento che ovviamente dovrà esercitare nella forma che il suo unico neurone riterrà più congeniale, svenire sul pavimento e non sul letto, perché mentre lui era in preda a una sincope compulsiva, lei stava rifacendo il letto e sia mai che lui si azzardi a spiegazzare il lenzuolo con i suoi svenimenti. Fatta questa dovuta premessa, pensate voi ad avere in casa una donna ingegnere... Già è donna, in più ricopre un lavoro dove la precisione e le regole sono tutto. Così, capita che nei cantieri, ad agosto, con 53 gradi all'ombra, un tasso del 600 per cento di umidità nell'aria, e una desolazione che farebbe invidia perfino alla Death Valley, la nostra donna Ingegnere decida di fare un sopralluogo. Scende dalla sua auto con l'aria condizionata alle 10 in punto, con due termos d'acqua ghiacciata nella borsa, in tacchi e occhiali da sole e comincia il suo giro. Ci sono due operai macedoni che girano il calcestruzzo nella betoniera mentre fumano e bevono birra, così la donna ingegnere non perde tempo e riprende subito i due, rei di aver, dopo un turno di sole 14 ore consecutive alla betoniera, fatto cadere un po' di cenere nel calcestruzzo. -Ma signora, non è niente- prova a giustificarsi l'unico dei due che capisce l'italiano, -ah non è niente? Non è niente è? ah non è niente? poi non si amalgama, cadono i palazzi, vengono giù i ponti e bla bla bla bla bla bla bla bla bla bla bla bla- alle 12 e 28 mentre lei è ancora lì che descrive scenari apocalittici, uno dei due è tornato in Macedonia, e l'altro si è volutamente affogato nella betoniera. Ma il meglio di sé, la donna Ingegnere lo dà a casa, la sera. Se lei rincasa alle 14, alle 18 o alle 23 va bene, lei stava lavorando. Ma se il marito, marito poi, diciamo il martire, che di solito rincasa alle 18, si azzarda, dico si azzarda, a tornare alle 18 e un minuto, e lei era già a casa, allora apriti cielo. -Dov'eri? - e lui -ero al lavoro dove vuoi che fossi? - e lei -è questa l'ora di rientrare? - e lui -ma sono le 18 e 01…- e lei cominciando a sbattere le dita sul tavolo -appunto, di solito torni alle 18…- e lui in maniera un po' scocciata -e va beh dai, ho trovato traffico-. Ecco, mai, mai, mai e poi mai rispondere ad una donna incazzata in maniera scocciata, è la vostra fine. -aahhh, hai trovato traffico? Bella come scusa, no ma io invece no, per me non c'era traffico, eppure? Eppure? Eppure? - e lui -eppure cosa??? - e lei -eppure io sono pure a casa…- e lui, anziché uscirsene con la più facile e scontata delle risposte per cavarsi quel gatto incazzato dai coglioni, ovvero "*va bene, hai ragione*", no, il nostro martire decide deliberatamente di darsi la zappa sui piedi con la peggiore delle risposte possibili -cosa mangiamo stasera? - ecco, quella è la sua fine. -Sei andato a far la spesa? No perché se non ci penso io qui non c'è mai niente da mangiare, io devo stirare, pulire, far la lavatrice, stendere, fare il letto, cucinare, lavare i piatti e bla bla bla bla bla bla bla bla bla bla bla bla bla bla bla bla bla…- e così il nostro martire decide di andare a fare la spesa pur di cavarsi da quell'inferno; spesa che ovviamente decide lei, ma che paga lui, con un'accuratissima lista di cosa deve prendere divisa per reparti del supermercato e, nel caso non ci fosse la prima scelta, c'è anche segnata l'alternativa, ovvero un prodotto similare ma di altra marca. Il nostro martire uscirà di casa alle 18 e 30 e rincaserà alle 20 e 45, primo perché il supermercato dove deve andare è a 45 chilometri da casa, a onor del vero ce ne sarebbero 15 tra casa sua e quello, ma deve andare lì perché gli altri non hanno le buonissime gallette al kamut nero della Palestina, che lui userebbe come sottobicchieri ma che a sua moglie piacciono da morire. Secondo perché non è andato via di casa con la lista della spesa, ma con due tavolozze di pietra scolpite a mano con più righe del famigerato Codice di Hammurabi. Dopo aver riposto con cura tutti gli alimenti divisi per tipologia, grado di freschezza, e tutta una serie di dogmi imposti dall'ingegnere dentro le buste e aver speso 183 euro, di cui solo 180 per roba scelta da lei e ben 2,99 euro per una confezione di 3 birre da 33 cl per lui, può finalmente tornare a casa. Ma, come saprete, sarà vano il suo tentativo di celare agli occhi della moglie le tre birre, nascondendole anzitempo in un anfratto della cucina, perché lei tanto, mentre lui sistema la spesa, avrà già in mano lo scontrino; scontrino che esaminerà in ogni sua voce comparandolo con quello della settimana prima per trovare eventuali aumenti di prezzo come un vero esattore delle tasse. Alla voce "birra, quantità 3, prezzo 2,99 €" la sua collera si abbatterà sul pover uomo -ecco, ecco, come buttare via i soldi, pensi sempre e solo a te stesso, egoista.- Una volta finito di cenare, i due si recano a letto, e dopo aver sentito le autocelebrazioni per come è ben rifatto il letto, l'uomo mono neurone, anziché girarsi e dormire, alle 23 e 18 ha anche la pessima idea di fare una domanda alla moglie -com'è andata al lavoro oggi?- e lei -ah guarda, una cosa impossibile, tra il trabattello, la cazzuola, la betoniera, il ponteggio, gli operai senza casco, quelli che fumano, le distanze di sicurezza, gli occhiali, le scarpe, e bla bla bla bla bla bla bla bla bla bla-. Alle 2 e 25 di notte, mentre lei ha quasi finito di raccontare la sua giornata al lavoro, il nostro martire ha finalmente raggiunto l'operaio della betoniera in Macedonia, dove i due potranno finalmente bersi quelle tre 3 birre e fumarsi una stecca di sigarette in santa pace.

"Bisogna diffidare degli ingegneri: cominciano con la macchina per cucire e finiscono con la bomba atomica"
Marcel Pagnol

19. L'architetto

Nel 2014, un immenso Michael Keaton interpreta Riggan Thomson protagonista del film Birdman o (L'imprevedibile virtù dell'ignoranza) che tra l'altro vincerà 4 Oscar. Bene, ora voi vi starete chiedendo "*che cazzo c'entra con la professione dell'Architetto?*" Niente appunto, la realtà è che non sapevo come iniziare il Capitolo e ho scritto le prime quattro cose che mi sono venute in mente. In realtà, a pensarci bene una correlazione tra l'architetto e l'uomo uccello c'è ed è ben visibile se ci pensate, ma soprattutto c'è un filo conduttore con l'imprevedibile virtù dell'ignoranza, ma di questo ne parleremo dopo. Partiamo dall'inizio di questa storia che non avevo voglia di scrivere e che mi è toccato fare per scommessa con uno che conosco che fa l'architetto. Una volta avevo un amico, a dire il vero ce l'ho ancora questo amico, non so che fine abbia fatto ma so che è vivo e questo mi dovrebbe far usare il presente e non il passato, ricomincio. Ho un amico, che una volta, ecco così suona meglio, decise di iscriversi ad Architettura. Non che fosse una cima, né particolarmente creativo, a dirla tutta faceva anche cagare a disegnare, ma tant'è... Architettura è una facoltà figa, sburona, piena di figa, diciamocelo, se sei Santiago Calatrava con quel nome o giochi nel Real Madrid, o fai hit estive in lingua spagnola per ragazzini, o fai l'architetto, oppure tua madre si vergognerà talmente tanto di te che ti chiamerà "*bello de zia*". Detto questo, il mio amico non era Santiago Calatrava, a giocare a pallone era talmente scarso che non lo prendevano nemmeno nel Ronco, aveva le capacità vocali di Jovanotti (dev'essere intesa come un'offesa sia chiaro) e quindi non gli rimaneva che tentare di fare l'architetto. Così comincia l'avventura, bello carico, decine di migliaia di euro in libri, testi, tomi, manuali, studiava in spiaggia, in montagna, la notte, in biblioteca, a casa, studiava un casino. Diede un esame in due anni. Ma d'altronde come disse una volta

Bill Gates *"All'università fui bocciato in alcune materie agli esami, mentre il mio amico e compagno di corso le passò tutte. Ora lui è un ingegnere alla Microsoft, mentre io sono il proprietario."* Il mio amico al contrario di Bill Gates oggi non è il proprietario di Microsoft e non fa l'architetto, credo faccia il santone in India e lecchi i rospi per sballarsi. Ma parliamo invece di quelli seri, quelli veri, quelli bravi. L'architetto solitamente arriva nei cantieri con aria di superiorità e snobbismo nei confronti dei colleghi, sfotte i geometri, deride gli ingegneri e non considera gli artigiani. Quando si toglie gli occhiali da vista di Dsquared da 700 € con lenti graduate solitamente al posto delle pupille ha il simbolo dei dollari $. Solitamente ha anche ambigui gusti sessuali e se ne frega se la coppia che l'ha chiamato per un consiglio su come arredare un monolocale preso all'asta fallimentare ha un budget per fare i lavori di 12.752 € e spicci, lui parte subito con le sue idee. -Qui facciamo tutto Open Space- e il proprietario pensa *"e grazie al cazzo abbiamo 25 mq"* -però facciamo tutto con le luci stroboscopiche che fanno tanto Hindie, mettiamo tappeti persiani e un paio di colonne d'avorio, ho un bracconiere in Africa che può procurarci due zanne di elefante sottobanco-. La coppia di proprietari lo guarda in maniera basita. Lui perché sta pensando a quanto verranno a costargli tutta quella serie di inutili puttanate, lei invece è già innamorata. Si, perché mentre l'uomo nella sua limitatezza conclamata ha il dono di essere anche realista, la donna no, la donna è sognatrice, sognatrice e spesso babbea. Questi pseudo santoni che vendono desideri e speranze in confezione spray solitamente fanno impazzire le donne, ecco spiegato perché il mio amico scelse Architettura. E mentre lui continua a parlare di sanitari in alabastro che sconfiggono la forza di gravità, materassi rotondi ad acqua, macchine del caffè inglobate dentro al forno, a sua volta inglobato dentro al frigo, a sua volta inglobato nel box doccia, lei comincia a sbavare. Quando il marito nota la saliva scendere dalla bocca della moglie sbotta -sì ma tutta questa roba quanto ci viene a costare? - la risposta dell'Architetto non tarda ad arrivare -ma cosa vuole che sia…lei di che budget dispone? - allora l'uomo, sfidato nell'orgoglio, mostra tutta la sua virilità esagerando -posso arrivare anche a 13.000 €-. L'architetto non fa una piega -beh, quelli bastano per prendere una poltrona Luigi XIV da mettere all'ingresso e per pagare la mia parcella- allora risponde la moglie -ma scusi Dottore (non si sa perché ma quando la gente non sa cosa dire chiama gli altri Dottore, così a cazzo) ma quella poltrona su EBay costa 250 € e te la danno pure con la faccia di Audrey Hepburn- e lui -lo so tesoro, ma infatti i 12.750 sono per la mia parcella per la scelta dei materiali-. Ecco, altra cosa meravigliosa degli Architetti oltre alle parcelle completamente folli è la % sulla scelta dei materiali. Facciamo un esempio pratico. L'Architetto va a vedere un appartamento al grezzo, la prima cosa che dice è -ooohhh, ma qui ci vuole il pavimento non vorrete mica camminare sul massetto, son 3.000 € per la consulenza- e come direbbe la famosa psicologa Grazia Arcazzo *"ma va'..."* E la committenza risponderà, -beh si lo sapevamo, avevamo pensato ad una mattonella, magari ad un Gres effetto legno- apriti cielo -Gres effetto legno?!?- dirà l'Architetto mentre sbatte le palpebre come una vera diva consumata -ma è roba da poveri, è roba da poveri, roba da poveri- al terzo è roba da poveri, il marito coi coglioni già frantumati guarderà la moglie e sospirerà -quindi sentiamo Renzo Piano, cosa dobbiamo mettere secondo lei?- mai sfidare un Architetto, ricordatevelo -Ma qui ci sta bene un bell'ebano della foresta subtropicale del Sud Est Asiatico, ma non quello da salone del legno, quello è roba da poveri, se volete fare colpo ci vuole quello semi-rosicchiato dal panda in via d'estinzione, 4.000 € al metro quadro, più la posa più iva più la mia percentuale ovviamente-. Il colpo in quel momento viene al marito, mentre lei sbava, sbava, sbava a tal punto che devono metterle un secchio sotto al mento per non rovinare il massetto e compromettere per sempre la posa dell'ebano. Quando il marito si riprende i colpi continuerà a mandarli alla moglie rea di essersi voluta affidare all'Architetto. Bisogna tuttavia dire che non sono tutti cosi, ma che esiste anche una nuova generazione di Architetti, quelli Naif. In cosa si differenziano dagli altri? Possiamo intanto dire che come quelli di vecchio stampo sono persone che disegnano progetti della vostra casa a loro piacimento ma con i vostri soldi, però ve lo fanno pesare meno. L'Architetto moderno si presenta in stile Hippie, senza cravatta, senza 24ore piene di progetti, senza boria, senza laurea probabilmente. Conosco Gino che lavorava in bottega come apprendista macellaio che un giorno si è svegliato e ha detto, *"toh, da domani faccio l'Architetto"*. In fondo, se ci pensate che cos'è una Laurea? è un pezzo di carta con il vostro nome scritto sopra che recita più o meno così *"Gino xxxx laureato alla facoltà di bla bla bla bla bla bla bla bla bla bla bla bla bla bla con il voto di 110 e lode"*, almeno fino a qualche anno fa era cosi, oggi è stata aggiornata e aggiunta la postilla *"Dottore, questi sono i recapiti del Ministero per richiedere da domani il reddito di cittadinanza"*. Inoltre è uno che, diciamocelo, se ne sbatte un po' di più. Se prima l'Architetto era *"o si fa come dico io o si fa come dico io"* quello moderno è un po' più della serie *"fate un po' come cazzo ve pare"* però si fa pagare lo stesso sia chiaro, in pratica il lavoro lo fate voi ma i soldi li prende lui, non fa una piega insomma. La cosa più bella degli Architetti moderni però sono e rimangono i famigerati rendering. Al Pc è tutto bellissimo, vi mostrano degli appartamenti che sembrano opere d'arte tipo la Gran Moschea dello Sceicco Zayed ad Abu Dhabi, poi quando andate a visionarli dal vivo sembrano più le baraccopoli di Nairobi. L'architetto è cosi, vive in un mondo di illusione, di sogni, di opere utopistiche, di idee bellissime, è un adulto che gioca a costruire case con i lego (d'oro) solo che i lego li pagate voi. Ora capirete la similitudine tra l'Architetto e Birdman, o (L'imprevedibile virtù dell'ignoranza), l'Architetto è un uomo uccello che vola e nei cieli come un moderno Icaro laddove gli umani normali non possono arrivare e vede cose che Blade Runner spostati proprio, l'imprevedibile virtù dell'ignoranza invece è di coloro che scelgono di affidargli la loro casa.

"Un medico può seppellire i propri errori, ma un architetto può solo consigliare al cliente di piantare rampicanti."
Frank Lloyd Wright

20. L'uomo Righello (o l'uomo Durello)

Quando finite le medie ti presentavano dinnanzi la scelta che probabilmente avrebbe definito il tuo futuro tu eri solo un adolescente. Adolescente... se eri nato negli anni 80', all'epoca della scelta della scuola probabilmente eri un cretino che giocava alla Playstation tutto il giorno e si faceva le seghe sul floppy disk con le porcherie che ti aveva prestato un tuo amico ricco che aveva già il computer e Internet. Ma tu non avevi il computer, quindi potevi solo immaginarti le porcherie che c'erano dentro, in compenso però avevi i brufoli e probabilmente ascoltavi gli 883, ecco perché avevi bisogno di farti le seghe. Se a questo aggiungiamo un taglio di capelli altamente improbabile che ti stava bene solo per tua madre il gioco era fatto e avevi solo due scelte. La prima, farti le seghe, la seconda, limonare con quella brutta della classe, quella che di solito aveva gli occhiali, l'apparecchio a baffo, asteroidi al posto dei brufoli, si faceva la coda e si vestiva di merda. Ecco, con quella, forse, potevi avere una chance, di limonare ovviamente, perché oltre a quanto detto prima era pure una suora di clausura, una di quelle che *"io il ragù lo mangio senza i piselli, che schifo!"* Insomma aveva anche dei difetti. Alla fine della fiera però eri più sfigato tu che limonavi con lei, perché niente che lei negli anni si fosse fatta un minimo carina (e visto le basi di partenza ci voleva poco) ti avrebbe sfanculato di sicuro. Comunque, al momento della scelta delle superiori le alternative erano abbastanza scontate in base ad attitudini e classi sociali. Alle magistrali ad esempio andavano storicamente quelli che non avevano voglia di fare un cazzo ma non lo ammettevano, all'ITI andavano i Nerd che mentre tu alle medie limonavi quella coi brufoli costruivano l'Enterprise in miniatura, al Liceo Classico i Secchioni, al Liceo Scientifico i figli dei ricchi, e a Geometri l'uomo righello. Io ad esempio scelsi ragioneria semplicemente perché mi ero stufato di farmi le seghe, e si sa, da che mondo è mondo ragioneria è sempre stato pieno di figa. Dopo cinque anni di ragioneria c'era così tanta figa che infatti mi venne il gomito del tennista e io non ho mai giocato a tennis, ma questa è un'altra storia (ne faremo un Libro dedicato, sarà un libro bellissimo e interessantissimo tra l'altro). L'uomo righello dicevamo. Perché sceglieva geometri? Nessuno sceglie geometri dai... Forse Perché gli piaceva il disegno tecnico forse? Assolutamente no. Forse perché era un aspirante architetto? Per carità. No, geometri si sceglieva per altri motivi. Il primo è perché non si aveva voglia di fare un cazzo, ma lo potevi ammettere ed era comunque più figo delle magistrali. Il secondo è perché ci si facevano le canne, te lo dicevano già quelli più grandi quando eri in prima media *"a geometri ci si fa le canne"*. Il terzo, e meno importante dei precedenti motivi, è perché insegnavano le unità di misura anche ai meno svegli. Cosi, mentre allo scientifico chiedevano la legge fisica quantistica dell'universo da decantare in versi in Latino mentre con una mano si faceva il tema e con l'altra si vivisezionava un maiale vivo, a Geometri era un po' più semplice. Che poi, più semplice sì, ma mica tanto e un esame standard era più o meno così: Professore -Buongiorno, nome e classe prego- alunno -mi chiamo Andrea e frequento la 5° A- professore -Fantastico, bravissimo, complimenti Andrea, da oggi lei è Geometra-. Ecco, 60 assicurato, se poi prendevi in mano il righello da 30 cm e sapevi contare tutti i numeri senza fermarti allora era 100 garantito. Se poi eri proprio uno sborone e facevi anche due cerchi quasi uguali col compasso sul foglio la lode era tua. Ecco, l'uomo righello (quello da 30 cm) negli anni si è evoluto e ha fatto di tutte le sue conoscenze scolastiche apprese in anni di canne e partite a stecca nel bar a fianco la scuola, una scienza esatta. Oggi va per la quarantina d'anni, è single e ha pure scoperto i social. La sua vita sentimentale è sempre quella dell'adolescenza, solo che ora ha un computer con la fibra che va a manetta. È passato dal download da 1kbs di inizio anni 2.000 a 100 mega al secondo, così si è attrezzato con 4 TV in sala per non perdersi un Porno che uno.

Ma ogni tanto anche all'uomo righello piace intortare, anche lui vuole una donna vera, in carne e d'ossa, con la quale fare l'amore. E così parte alla ricerca frenetica su Amazon digitando a raffica “bambola gonfiabile consegna in un giorno pacco anonimo”. No dai, sto scherzando (forse) lui si mette seriamente alla ricerca, preso da questo desiderio ancestrale inizia a cercare la sua anima gemella, e lo fa, sui social ovviamente. Il primo approccio è da gentleman, e l'ha imparato negli anni di Geometri in cui essendo la presenza femminile lo 0,0000001% e quello 0,0000001% aveva più baffi di lui, aveva fatto grande esperienza di intorto. Lui non è modesto, non scrive a quelle carine, lui scrive alle “*strafighe*” dei social messaggi tipo

"Wei ciao"

"Come andiamo?"

"Ti va di conoscermi?"

"Usciamo?"

"Scopiamo?"

"Ehi bella, non mi rispondi più?"

Ecco, lei in realtà non gli aveva mai risposto, era offline, erano le 2 e 12 di notte e tutti quei messaggi erano stati inviati in 12 secondi netti. Ma l'uomo righello non si dà per vinto, così inizia ad abbassare il target qualitativo, si passa dalle strafighe alle fighe, poi alle buone, alle belle, alle carine, alle passabili, alle decenti, alle brutte, alle cozze, ai rospi, agli uomini. Ecco, qualche uomo gli risponde, sono le 9 del mattino e almeno fa quattro chiacchiere con qualcuno. Ma se per disgrazia (per lei) una povera santa, per semplice educazione, noia, curiosità, vanità o altro, gli avesse risposto con un semplice *"ciao"*, sarebbe stata la fine. L'uomo Righello nella sua testa idealizza *"è fatta"!* Il primo messaggio che quasi sicuramente le manderà sarà *"Ciao, mi mandi una tua foto nuda?"* Lei ha visualizzato ma non risponde e lui incalza *"Dai una foto nuda, cosa sarà mai..."* Lei ha visualizzato e risponde *"Ma non ci pensare neanche"* E lui, imperterrito *"Se vuoi te ne mando una mia? così vedi che non sono timido"* Lei ha visualizzato e la chiude così *"Guarda non me ne frega niente se tu sei timido o no, non mi interessa, chiudo, ciao."* Niente, niente, niente, non c'è niente da fare, l'uomo righello non accetta un no, nonostante lei gli abbia detto di no (anche in maniera gentile tra l'altro) lui, quella foto gliela deve mandare, è più forte di lui. Così si arma di righello (quello da 30 cm) di smartphone, e poggia il suo membro da Uomo Durello vicino al righello e scatta a raffica. Sceglierà con cura quella venuta meglio e dove è riuscito a fregare un paio di cm al righello camuffando con un dito la linea di partenza non allineata (vecchia volpe). Così, preme invio e manda la foto. Lei ha visualizzato. Lui parte al grido di *"po po po po po po po po po po, po po po po po po po pooooo"* è campione del mondo, il cielo è azzurro sopra Berlino, solo che lui, l'uomo righello, al posto di mangiarsi mezzo panino, in mezzo alle gambe ha un mezzo budino. Lei, una volta vista la foto con quei 13,78 centimetri in tutto il loro splendore (2 dei quali tra l'altro clamorosamente rubati col barbatrucco della falsa partenza) la girerà a tutte le sue amiche con tanto di nome e cognome di lui e foto del profilo di Facebook, e partirà una chat tra donne solo per pigliarlo per il culo, severe ma giuste insomma. Ma, da persona educata e colta gli risponderà anche. E lui, mentre legge *"sta scrivendo..."* inizia a sudare freddo e comincia a spogliarsi preso da cotanto testosterone, perché si aspetta un commento tipo *"oh sì, non posso resisterti maschione"* con tanto di foto allegata di lei nuda solo per lui. Il messaggio che arriverà invece differirà leggerissimamente dalla sua fantasia:

"Ehi tu, uomo righello!!!
Dall'alto
Del tuo essere maiale
Ti prego
Nascondilo nei jeans
Quell'atomo
Opaco
Del male."

"Per comprendere il significato di ciò, non si chiede che un uomo sia un geometra o un logico, ma che sia matto. "
Thomas Hobbes

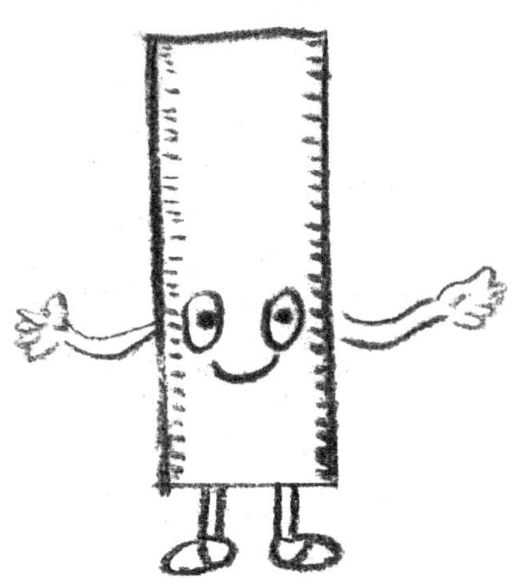

21. Le liste di nozze (quelle belle)

Dovete sapere che dall'alba dei tempi esiste una condizione ancestrale che fa passare notti insonni a milioni di uomini al mondo. Il lavoro, il matrimonio, il calcio, i figli direte voi, sbagliato, è la lista nozze. Già me l'immagino quella di Lucio Domizio Enobarbo in arte Nerone e Poppea *"due bighe, un gladiatore gallico, un leone e una settimana ad Ostia con lettino in prima fila vista mare"*. E dire che ci sarebbe una soluzione, semplice ed efficace. Una soluzione, adottata per secoli dai nostri avi, che saranno stati anche dei contadini ignoranti e sempliciotti, ma forse molto più avanti di noi, ci sarebbe. Quale? Non sposarsi sarebbe la soluzione migliore... sì è un'ipotesi interessante, sarebbe una panacea perfetta, ma se proprio uno volesse (o dovesse) sposarsi come dovrebbe fare? Ci sono dunque tre soluzioni per ovviare all'antonomastico problema della lista nozze: la prima, quella adottata nei secoli dei secoli dai nostri avi, la classicissima busta con i soldi. Ecco, se ci pensate bene la busta con i soldi offriva un sacco di vantaggi per gli invitati che volevano fare un regalo. Innanzitutto non dovevano pensare, andare in giro, arrabattarsi le meningi a scegliere regali, ma solo procurarsi una busta, una busta e dei soldi (possibilmente in valuta corrente, o in sesterzi nel caso di Nerone). E poi volete mettere la soddisfazione per il cugino Gino il muratore, il quale dopo 62 anni di lavoro aveva sì e no 25 euro sul conto corrente, ma in compenso più soldi sotto al materasso di Briatore in Banca? Quel giorno il cugino Gino era equiparabile a Gaspare, Melchiorre e Baldassare, dopo esser stato paragonato per una vita solo al bue e all'asinello. La busta con i soldi era una rivincita sociale, era il riscatto di una vita di insulti, era il modo di far valere tutto quel nero accumulato in una vita di sana, onesta e incommensurabile evasione. Poi, però, come l'asteroide che colpì il pianeta terra, nella vita dell'uomo arrivò la moglie. La moglie, non paga di avergli già rovinato abbastanza l'esistenza eterna per quella cazzo di mela arrivò e disse *"la busta con i soldiiii? che cosa volgare... fa tanto mafiosi stile Corleone"*. Se lui, se il futuro carcerat.... ehm... sposo, il futuro sposto, avesse studiato ai tempi della scuola anziché disegnare occhiali e baffi finti ai personaggi dei libri, avrebbe risposto *"pecunia non olet"* ma questa è un'altra storia, chiedetela a chi ha studiato. Quindi, deciso dalla futura carcerier... ehm moglie, si decise (unilateralmente come le comunicazioni bancarie) di passare alla lista nozze di cose per la casa. Una delle cose più agghiaccianti per l'umanità dopo la Bomba Atomica; amici vicini alla stirpe di Nerone mi hanno confidato che fu proprio la scelta della lista nozze di Poppea il motivo che gli fece bruciare Roma. Le liste nozze di cose per la casa sono composte solitamente di una marea di roba inutile che nel 97% dei casi (dati Istat raccolti da me in persona) non verrà mai utilizzata. Spesso infatti festeggerà le nozze di platino insieme agli sposi ancora dentro il suo imballo originale. Ovviamente, nemmeno a dirlo, è tutto rigorosamente scelto dalla sposa, e oltre a 28 set diversi di trapunte, fodere, cuscini, tappetini, accappatoi e ciabattine si compone solitamente di inutili accessori da cucina. La metà di questi accessori sono sconosciuti ad Alessandro Borgese e a tutti i 4 ristoranti di tutte le sue millemila puntate messi insieme, ma a detta di lei a casa loro servono come il pane. Così, pur di allungare la lista nozze vengono inseriti pezzi di rara utilità tipo il pelacipolle elettronico, un attrezzo lungo un metro per 20 cm di diametro che consuma 15 kwh e l'unica funzione che ha è pelare una cipolla. Il bimby... ecco... il bimby... la metà delle donne incapaci di rompere un uovo mettono il bimby nella lista nozze, convinte che basti attaccarlo alla corrente e questo tiri fuori le lasagne buone come quelle della nonna. Quello che molti non sanno e non capiscono è che nel bimby bisogna inserirci anche gli ingredienti prima di metterlo in funzione. Così si assistono a scene di spose già incazzate la prima notte di nozze perché il bimby offre le stesse prestazioni deludenti del marito, tutto fumo e niente arrosto. Poi i set di pentole, decine, centinaia, migliaia di pentole acciaio inox 6000, forgiate in persona da Giorgio Mastrota a petto nudo dentro le fonderie di Mordor con la magia di Saruman. Solitamente la voce successiva a quella delle pentole nella lista nozze è un appartamento adiacente alla casa coniugale, allo scopo di tenerci le pentole. Ultimo ma non meno importante, il servizio di piatti e bicchieri. Agghiaccianti set di cristalli Boemi del 1500 AC e porcellana Persiana da 36 persone, per una coppia che abita in un appartamento di 18 mq e che per mangiare tira giù il letto a ribalta dal quale esce anche Renato Pozzetto che gli fa taac!!! Ma la più moderna scelta in fatto di chiccheria per la lista di nozze è il famigerato viaggio di nozze. Aahhh il viaggio di nozze, e qui si apre un mondo. Il mondo dei poveri agenti di viaggio costretti a sentire le più grosse menzogne dai tempi in cui le proprie madri dopo il 4 in matematica gli dicevano *"vieni qui che non ti faccio niente"*. La destinazione la sceglie lei è ovvio, e solitamente sono, o la Polinesia o le Maldive o qualche altra isola mega IN e superchic dove ha visto che è stata Belen su Instagram. Così vedi questi futuri sposi presentarsi nell'agenzia Viaggi del malcapitato di turno, che falso come il babbo di Pinocchio gli accoglie con un "ooohhh un viaggio di nozze, che bello!!!" In realtà si sparerebbe uranio impoverito nel pisello, ma tant'è, gli tocca... quindi dopo un'ora di trattativa su quale isola sia più chic per fare invidia alle amiche la nostra sposa se ne esce con un -io voglio andare alle seiscell- e lui -dove signora non ho capito scusi? - e lei -alle seiscell, c'è stata Belen e voglio andare anch'io a fare la foto in bikini sulla palma-. Ecco, una dovuta parentesi, dovete sapere che le palme in natura sono dritte, quelle che vedete piegate alle Seychelles sono frutto di innumerevoli viaggi di nozze di aspiranti Belen, che con il loro peso da Pesa Pubblica hanno contribuito a piegare e conferire quella forma che oggi tutto il mondo gli invidia. Una volta mi capitò alle Similan Islands di vedere questa specie di sposa/dugongo mentre cercava di arrampicarsi sulla palma e le palme dietro che dicevano *"mo basta, c'è anche il banano"*. Poi dicono che gli alberi non parlano, non parlano finché non vedono le spose. Comunque, a nulla serviranno i vani tentativi del povero agente nel convincere la sposa che in quel periodo dell'anno alle Seychelles tirano gli uragani, lei vuole andare lì, e così sia. Si apre la lista, a tutti gli invitati viene mandato un Iban su cui fare il bonifico, con tanto di dediche per nulla scontate tipo *"buon viaggio"*. Il top sono quelli che mandano 25 euro totali e al matrimonio sono marito, moglie, madre di lei, figli, e nella causale scrivono *"anche dagli zii"*. La sposa, giustamente, quando leggerà l'importo dirà *"simpatici i tuoi parenti, ci hanno pagato 3 giorni di parcheggio al Marconi, mica cazzi"*. È così, la lista nozze è uno dei drammi più difficili da affrontare nella vita di una coppia. Ma soprattutto è il più grande dramma per gli invitati, se dai poco sei tirchio, sei dai troppo sei uno sborone, se fai un regalo fuori dalla lista sei uno sfigato anche se hai regalato Guernica di Picasso. Comunque una volta atterrati alle Seychelles o in una qualunque meravigliosa isola dell'Oceano Indiano, Pacifico, Atlantico o fate un po' come vi pare, la novella sposa anziché godersi lo spettacolo o dedicarsi al marito, passerà un'intera settimana a mandare i suoi selfies alle amiche a casa per suscitare invidia. E il carcemarito cosa farà il poveretto? Niente, troverà altri 9 disgraziati come lui in viaggio di nozze per fare 10 e organizzare i classicissimi 5 vs 5 di calcetto sulla spiaggia. Ora capite il perché quando si sceglie una destinazione per il viaggio di nozze è importante accertarsi che nel posto la sanità funzioni bene, perché tra principi di infarto e rotule rotte dei mariti abbandonati ce ne sarà sempre bisogno. Poi, ultime ma non meno importanti, ci sono le famigerate Liste Combo, ovvero quelle che abbinano oggetti per la casa e viaggio di nozze. Così si assiste ai regali più impensabili tipo *"una vaporiera e un quarto di biglietto sul volo di andata per le Maldive"* oppure *"metà quota del matrimoniale della terza notte nel secondo albergo della quarta isola più un'insalatiera"*. Insomma, il mondo è bello perché è vario, ma se ti presenti alle Seychelles con il pelacipolle elettrico e l'insalatiera in valigia hai comunque vinto.

"Perché il vostro viaggio di nozze sia un successo totale sul piano turistico, sentimentale e sessuale, la prima cosa da fare è partire da soli."
Pierre Desproges

22. L’ ipocondriaco

Ecco, essendo l’ipocondria una malattia non ci sarebbe da scherzarci sopra, ma allora questo sarebbe un libro serio e non una boiata pazzesca. Se volete un libro serio avete sbagliato libro, se invece non siete al livello dei lettori di libro serio, ma siete leggermente a un livello più alto di quelli che sotto l’ombrellone leggono al massimo le barzellette sulle parole crociate, allora questo è il vostro libro. Altrimenti ci sono i libri di Fabio Volo, che non sono né tragici né comici, ma questa è un’altra storia. Dicevamo, una volta incontrai Fabio Volo fuori da un coffee shop ad Amsterdam, la prima cosa che mi venne in mente di dirgli fu *“hai provato la Purple Fabio? Ti fa prendere il volo...”* lo so, furono una battura e una figura di merda peggio di quella volta che Lord Kelvin, presidente della Royal Society disse che *“è impossibile creare oggetti che volano e che sono più pesanti dell’aria*” era il 1895 ed esattamente 8 anni più tardi ci fu il primo volo a motore ideato dai fratelli Wright. Incontrai anche Fernanda Lessa, non so chi se la ricorda (i meccanici sicuramente); eh sì dopo Fabio Volo incontrai Fernanda Lessa quella volta ad Amsterdam, ma non dove pensate voi patacca, bensì in fila al Museo di Van Gogh, ma questa è veramente un’altra storia. Ora, che c’azzecca tutto questo con l’ipocondria vi starete chiedendo? Nulla appunto, ma se vi fate la Purple in un coffee shop di Amsterdam fidatevi che se non siete ipocondriaci di vostro lo diventerete, per qualche ora ma lo diventerete, soprattutto se nel mentre incontrerete Fabio Volo che racconta il suo ultimo libro. Ma chi è l’ipocondriaco? A parte quello che si fuma la Purple ovviamente, la psichiatria e la psicologia riassumono il termine ipocondria come *“una forma clinica dei disturbi d'ansia caratterizzata dalla preoccupazione ingiustificata ed eccessiva nei confronti della propria o della altrui salute, con la convinzione che qualsiasi sintomo avvertito da un soggetto sia il segno di una patologia severa"*. Et voilà, ora lascerò tre pagine in bianco in quanto il capitolo è finito. Lo so, vi piacerebbe, ma non sarà così. Andiamo per ordine visto che esistono vari tipi di ipocondria ovviamente noi analizzeremo solo 3 casi clinici di persone che personalmente conosco. Caso 1, l'ipocondriaco del denaro. Ecco, questo personaggio, che spesso viene chiamato tirchio, spilorcio, avaro, gretto, scozzese, taccagno, tirato etc. etc. solitamente soffre di ipocondria da denaro, cosa significa? È il classico soggetto che se ha pochi soldi si lamenta di averne pochi, se ne ha abbastanza che non sono abbastanza e se ne ha troppi che ha paura che glieli portino via. Ma chi dovrebbe portarglieli via? Nella sua testa chiunque, la moglie, i figli, i nipoti (che ancora non ha ma che un giorno avrà) l'amante immaginaria, il fisco, la patrimoniale, le banche, i barboni, gli zingari, gli immigrati, gli alieni, perfino il gatto. Ho visto ipocondriaci del denaro dubitare dei propri gatti. Non è solo tirchio, è ossessionato al punto che quando va a fare la spesa piuttosto che mettere l'euro nel carrello, che comunque gli verrebbe restituito una volta rimesso il carrello al suo posto, infila la vecchia peseta da 25 centesimi, quella col foro nel mezzo sì (chi di voi non ne ha mai avuta una come souvenir di un parente di ritorno dalla Spagna?) che avrà provveduto a legare con lo spago e che si sarà subito ripreso una volta fatto scattare il meccanismo. A fare la spesa l'ipocondriaco del denaro è un vero capolavoro; prima di partire da casa ha studiato a memoria tutta la lista delle offerte possibili immaginabili e comprerà solo ed esclusivamente cose in offerta anche se non gli serviranno a nulla tipo i durelli di pollo scontati dello 0,01% quando la moglie gli aveva chiesto il pesce, e una volta giunto a casa gli spaccerà come prelibati frutti di mare della Valle d'Aosta. L'ipocondriaco del denaro è talmente ossessionato dalla paura di perdere soldi e così diffidente nei confronti di chiunque rappresenti una minaccia al suo patrimonio che quando al telegiornale sente notizie tipo *"oggi la Borsa di Milano ha perso l'1%"* va in stato comatoso per qualche minuto e a nulla serviranno le parole della moglie –ma caro tu non hai azioni cosa te ne frega?- lui risponderà che è svenuto al pensiero di quella volta (vent'anni prima) che un suo amico gli consigliò di investire 5 € in azioni Amazon che oggi sarebbero valsi 5 miliardi di €, e che se casomai avesse avuto quelle azioni, quell'1% di perdita gli avrebbe fatto perdere 50 milioni. Caso 2, l'ipocondriaco sociale. E qui entriamo in una gamma vastissima di personaggi. Il classico è quello che quando entra in un qualunque esercizio pubblico o privato che sia risponde al *"buongiorno"* della persona che ha di fronte con un *"..."* oppure con un ben più osé *"......"*. L'ipocondriaco sociale ha paura delle persone, di scambiare una qualunque interazione umana. Anche a casa, quando è ora di cena piuttosto che chiedere alla moglie di passargli l'acqua si alza, si mette il cappotto, esce nel cuore della notte, compie svariati chilometri in auto da solo negli stradelli di campagna, si dirige al pozzo e beve direttamente dal secchio che con immensa fatica ha sollevato. Una volta uno di questi soggetti vinse la lotteria di capodanno ma pur di non dover affrontare l'interazione umana per andare a ritirare il premio lasciò il biglietto vincente per anni nel cassetto. Quando la moglie lo trovò, 50 anni dopo, si presentò alla prima tabaccheria per provare a riscuoterlo e la risposta fu più o meno questa *"signora guardi, quando è stato emesso questo biglietto sulle mille lire non c'era ancora la Montessori"* e a quel punto la donna sentii un tonfo sordo alle sue spalle, come un peso caduto nel vuoto, si voltò e trovò l'ipocondriaco del denaro svenuto a terra dopo aver appeso tale notizia. Tornando al nostro caso dell'ipocondriaco sociale invece, lui non è che non sopporta le altre persone, lui proprio le odia, non importa che siano bianchi, neri, gialli o blu, cattolici, ortodossi, ebrei o musulmani, lui odia tutti, ha la stessa repulsione verso l'essere umano delle zanzare verso le candele alla citronella. In compenso però ama gli animali, unici essere pensanti con i quali riesce ad avere un suo dialogo, fatto di gesti, di segni, di latrati e di tutto quello che non debba comportare una normale interazione umana. Caso 3, l'ipocondriaco del Covid. Quest'ultimo caso umano invece ha dimostrato i primi sintomi di ipocondria dopo essersi sparato 1.440 ore di diretta tv consecutive in due mesi di lockdown. Ha seguito tutte le maratone possibili immaginabili, quelle di Mentana, di Vespa, di Bassetti, della D'Urso, persino la maratona di New York, non ha perso né un dibattito né una tavola rotonda, facendo zapping compulsivo tra Rete4, Canale5, Rai1 e Pornhub, ha assistito con devozione all'escalation del Virus. Ha così iniziato (nonostante viva da solo e non esca di casa) a spruzzare igienizzante e lacca spray a caso su maniglie di armadi e finestre, ad andare al water con la mascherina, a evitare di bere dal suo stesso bicchiere, a starnutirsi nel gomito anche quando non doveva starnutire. Si è procurato 2 milioni di mascherine e una scorta di amuchina fino al 2036, ha comprato 3 quintali di lievito di birra e 4.000 € di penne lisce perché l'Apocalisse stava arrivando. Se ne sta appollaiato dietro una tenda di casa come se la luce del sole fosse portatrice di morte, e di tanto in tanto la sposta solo per vedere se qualche "pazzo" cammina da solo in mezzo alla strada ed è pronto ad insultarlo da bravo sceriffo qual è. Una sola volta è uscito di casa, alle 4 meno 20 di notte per buttare fuori l'immondizia, bardato di cinque strati di mascherine, un casco da semipermanente in testa e una tuta antiradiazioni proveniente da un museo di Cernobyl comprata un anno per carnevale. Dal quartiere adiacente al suo sentii un *"etciù"* in lontananza riecheggiare nel profondo della notte, e lui, storico cuor di leone corse in casa alla velocità di Carl Lewis. Una volta dentro il suo appartamento chiuso a chiave, sentendosi al sicuro ma non troppo, si chiuse dentro la sua camera iperbarica costruita su misura, chiusa a sua volta dentro una cripta in alabastro celata e ricoperta a sua volta dentro un tendone di carta stagnola, prese un libro e lesse alcuni versi prima di cadere in un sonno profondo *"Di paese fin qui fu dato ad uom di contemplare un augel sovra una porta, un augello od ana bestia aggrappata ad una porta con un nome tal: Mai più, Mai più, Mai più"* da Il Corvo di Edgar Allan Poe.

"Quando si tratta di malattie, non direi mai di essere un ipocondriaco. Semmai sono un allarmista. Non è che mi senta malato di continuo, ma quando mi ammalo penso subito che sia la volta buona."
Woody Allen

23. Il facebookiano

Lo so, detta così sembra veramente una parolaccia, e in effetti lo è, o almeno lo dovrebbe essere. Nel dizionario aggiornato ai giorni nostri la parola, facebookiano o Uomo/Facebook dovrebbe essere aggiunta e illustrata con la faccia di un babbeo. D'altronde se uno di cui non farò il nome, William Shakespeare, ha inventato centinaia di neologismi dall'alto della sua infinità saggezza, concedete a me, povero scribacchino di inventarne almeno uno. Il facebookiano è colui che non solo adora scrivere poemi biblici sul noto Social network di Zuckerberg, ma che, soprattutto ci si documenta. Andiamo per ordine. Una volta esistevano gli strilloni (se non sapete chi sono andatevi a documentare su Facebook) che per le strade vendevano i giornali, così la gente comprava il giornale, leggeva e imparava. Poi arrivarono le radio, e la gente si metteva intorno al tavolo la sera dopo cena, accendeva quella simpatica scatolina e ascoltava le notizie al famoso giornale radio, ma ciò non gli vietava di comprare anche il giornale di carta. Poi arrivò la tv, e la gente si metteva sul divano la sera dopo cena e apprendeva le notizie guardando il telegiornale, ma ciò non gli vietava di comprare anche il giornale di carta né di ascoltare il notiziario alla radio. Poi arrivò internet, e la gente si metteva davanti al PC e digitando prima "Google" poi "notizie del giorno" leggeva le notizie, e già da lì cominciò, senza che nessuno glielo avesse imposto sia chiaro, a smettere di comprare i giornali, di ascoltare la radio e di guardare il telegiornale. Poi arrivò Facebook, e la gente da quel momento lì si rincoglionì del tutto. Giornali? Radio? Tv? internet? Bleah, roba da sfigati, da servi del potere, da capre, pecore, ovini vari insomma, robaccia pilotata dal Nuovo Ordine Mondiale, dai Poteri Forti, dal Palazzo, dai Rothschild (che molti di quelli che si documentano su Facebook confonderanno con i Rottweiler), tutto uno schifo insomma. E allora dove? Dove si poteva trovare la verità assoluta, quella libera dai mass media, dal capitalismo americano, dalla propaganda Nazista, dal consumismo di Natale, dove? Su Facebook beh è ovvio! Facebook era il buco nero di quell'informazione pilotata, era la variante X, era il mezzo di comunicazione fuggito all'impazzata da quelle progenie di menzogne e falsità, Facebook era divenuto la verità assoluta. E così, mentre i più allocchi usavano il Social Network più famoso del mondo per postare foto di gatti, i più furbi invece ne traevano eterna saggezza, come una perenne fonte d'informazione, come una Perpetua serva di Manzoniana memoria (se non sapete chi è Perpetua andate a documentarvi su Facebook); Facebook non aveva sostituito solo i giornali, le radio, le tv e Internet, aveva sostituito la fede. *"L'ho letto su Facebook"* divenne un modo talmente popolare e altresì convincente che bastava dire -lo sai che il mondo è piatto? - e alla risposta -maddai, non dire cazzate lo sanno anche i tonti che è tondo- a quel punto arrivava la sentenza -eehhh ma io l'ho letto su Facebook- fine della discussione. Facebook era giudice, giuria e giustiziere. I suoi adepti più devoti, perché si, come già detto in precedenza aveva anche sostituito la fede, erano diventati i famosi facebookiani, una razza alienata proveniente dal pianeta terra ma che di fatto non differiva molto dalle capacità cognitive di un lombrico. In realtà una volta ho letto (su un libro non su Facebook) che i lombrichi sono esseri particolarmente intelligenti, in cosa non lo, ma pare che sia così; sarebbe comunque bello una volta fare una gara d'intelligenza tra un lombrico e un facebookiano. Quindi Facebook divenne in breve tempo non solo un luogo dove postare gatti, mostrare tette e auto nuove, ma soprattutto divenne una tribuna politica dove si tenevano comizi e dove qualunque idiota poteva dire la sua. Esatto, è proprio così, qualunque idiota poteva dire la sua. Calcio, politica, musica, scienze, matematica, fisica quantistica, flora, fauna, referendum, casi giudiziari, barbabietole da zucchero, ogni cosa era diventata motivo di dibattito sul Social. Il tutto era ovviamente alimentato dai "like", aaahhh i like, che meraviglia. Il mio preferito era ed è tuttora l'utente "like" to "like", ovvero quello che mette il famoso "mi piace" perfino al post sulle merde surgelate sperando di ricevere in cambio un "mi piace" da colui che ha postato le merde surgelate, così, per equo scambio. Del resto i "like" devono aver sostituito i centimetri del pene negli uomini, in alcuni casi anche nelle donne (si può dire? se è troppo tolgo) perché era diventata una vera e propria gara di popolarità. Le conversazioni durante una normale cena tra amici erano diventate -ehi lo sai che solo oggi ho preso 200 like al post del mio cane? - e l'altro invidioso -noooo, come hai fatto? Anch'io... anch'io...- nei casi più disperati il facebookiano con pochi like scoppiava anche a piangere, in quelli rancorosi mostrava un finto disinteresse e in quelli competitivi si adoperava subito per andare a comprare un cane più bello di quello dell'amico per prendere più like. Ma le donne, le donne come sempre avevano una marcia in più, e il prendere più like dell'amica non era una questione di semplice competizione femminile, ma di vita o di morte. Così via, tonnellate di foto con lingue fuori, cosce fuori, pance fuori, tette fuori, patat... ehm no, quella non si poteva perché altrimenti veniva fuori un minestrone e Facebook censurava. Per dirvi a che livello eravamo arrivati una volta assistetti personalmente a una scena in cui un mio amico stava guardando il suo telefono sul divano, da dietro arrivò la moglie che lo sorprese a guardare delle porcherie e inveendogli contro come solo una donna inferocita sa fare iniziò a sbraitare -sei un porcooo, un porcooo, un porcooo, alla tua età, sei ancora lì a guardare bla bla bla bla bla bla quei siti sporchi bla bla bla bla bla bla con quelle puttanacce, bla bla bla bla bla, con quelle vacche bla bla bla bla bla mi fanno schifo, tu mi fai schifo, mi fate entrambi schifo bla bla bla bla- dopo 28 minuti di insulti, il poveretto riuscii a dire ben 10 parole di fila -ma tesoro veramente stavo solo guardando il tuo profilo Facebook-. È così, Facebook non ha creato nulla in realtà, ha solo amplificato la natura umana e l'ha resa pubblica. La competizione, l'esibizionismo, ha dato l'illusione a tutti di poter credere di essere qualcuno in un mondo dove perfino le persone non sanno chi sono. Facebook ha aperto le porte della mente a Gino, che dopo aver fatto il muratore in nero per 38 anni nella frazione di un Comune del Molise ha potuto finalmente prendere una Laurea in Economia Aziendale su Facebook e ora può criticare giustamente il ministro dell'Economia. Ha aperto le porte a Paolo, che nella vita bada le pecore sui monti del Gennargentu, ma che grazie alla Laurea in Scienze Internazionali Diplomatiche ottenuta su Facebook ora può condannare la politica Americana per le guerre nel mondo. Ha aperto le porte a Ettore che non ha mai fatto uno stronco di sport nella sua vita, che è 180 chili a digiuno e suda d'inverno stando fermo all'aperto, ma che grazie alla sua Laurea in dietologia su Facebook può finalmente dire la sua sui corretti stili di vita e di alimentazione. Ha aperto le porte a Maria, Gianna e Antonella, che dopo una vita di tentativi falliti per mancanza di repertorio ora possono finalmente aspirare a un ruolo in film d'intrattenimento per adulti, grazie alla Laurea in Pose e Fotografia ottenuta su Facebook. Ma soprattutto ha aperto le porte a tutti quei single pippaioli che celandosi dietro falsi profili o, nei casi più coraggiosi, dietro alle loro vere facce, ora possono provarci commentando con frasi al miele le foto di Maria, Gianna e Antonella. A tal proposito, tra le frasi più belle e assolutissimamente non banali che ho letto in questi anni e che ho appositamente raccolto per voi in un archivio che a confronto l'Archivo General de Indias di Siviglia è un'edicola del paese, ci sono: "bella", "che bella", "come siamo belle oggi", "ciao bella", "bellissima", "quanto sei bella". Questo per quelli alle prima armi ma poi saliamo di livello con: "divina ", "dea", "meravigliosa", "unica", "speciale" qui si è già a un livello d'intorto professionale bisogna ammetterlo. Ma la più bella (lo so che non si inizia mai un periodo col ma, tuttavia il libro è mio e faccio come mi pare) che ho mai letto è e probabilmente resterà sempre "o scoperto ke tuo padre è un ladro, perkè a rubato due stelle dal cielo per metterle hai tuoi occhi". In due righe questo facebookiano ha distrutto 2.000 anni lingua italiana, ma soprattutto la mia voglia di vivere.

"I social media danno diritto di parola a legioni di imbecilli che prima parlavano solo al bar dopo un bicchiere di vino, senza danneggiare la collettività. Venivano subito messi a tacere, mentre ora hanno lo stesso diritto di parola di un Premio Nobel. È l'invasione degli imbecilli"
Umberto Eco

24. I vecchi al supermercato

Esiste una categoria di persone, che fin dai tempi antichi, ancestrali, dai tempi di Caino e Abele per i loro genitori per intenderci, irrita tutti, ma veramente tutti, nessuno escluso. Credo si tratti dell'unica categoria che emana un profondo odio smisurato e totalitario da parte di chiunque, senza bandiera, senza quartiere. Una categoria che sono convinto che chiunque abbia maledetto almeno una volta nella propria vita, io l'ultima volta l'ho fatto stamane prima di scrivere questo capitolo. Sto parlando ovviamente dei tifosi della Juvent... ehm nooo... volevo dire dei vecchi che vanno al supermercato; per i tifosi della Juventus farò un libro a parte, qui parliamo dei vecchi che vanno a fare la spesa. Se il supermercato apre mettiamo alle 7 della mattina, potete stare certi che alle 6 e 30 troverete già almeno 3-4 vecchietti lì fuori che girovagano, che fissano l'orologio, e soprattutto che brontolano. Si, perché nonostante vadano in quello stesso supermercato tutti i giorni dall'anno del suffragio universale italiano (ovvero dal 1946 per chi ancora non lo sapesse e non si documenta su Facebook) e sebbene quello stesso esercizio commerciale non abbia mai, dico mai cambiato i suoi orari apertura, loro continuano imperterriti a lamentarsi tutti i giorni da 75 anni consecutivi dell'orario di apertura. -uei non apre più stamattina? - parte la prima centenaria della fila -ah, me ne so... oggi non avranno voglia di lavorare...- risponde la seconda. E così via, per trenta interminabili minuti lamentele e mugugni echeggeranno fuori dal supermercato, oggi come ieri, come il giorno prima e quello prima ancora, per ora e per sempre. I commessi, che nel frattempo hanno acceso le luci e stanno sistemando i prodotti sugli scaffali, vedono da dietro le grandi vetrate questo esercito di ultra-pensionati o nei casi dei più facinorosi ultras-pensionati ammassarsi al ridosso delle porte scorrevoli. Più che una fila al supermercato sembra quella per la geriatria. Passano i minuti, si avvicina la fatidica ora X, quella in cui si apriranno i cancelli, manco fosse un concerto di Ligabue o il via libera da Auschwitz. I più ritardatari arrivano in derapata a bordo della loro pandina verde pisello anni 60', che già faceva cagare negli anni 60' e ora sembra sempre di più la campana per la raccolta del vetro. Così capite anche il perché capita spesso che gli operatori ecologici addetti allo smistamento del vetro, quando vedono arrivare il camion per lo scarico si preparino a dover differenziare il vetro da bombette, coppole, occhiali, bastoni e plaid, tutta colpa delle Panda verde pisello che all'alba vengono svuotate al posto delle campane. Sono le 7, le porte scorrevoli si aprono tra i vari oplà seguiti da spinte, botte, morsi di dentiere, bastonate, calci nei garretti, i più subdoli buttano avanti il carrello per intralciare il passaggio agli altri, è il caos. Devono intervenire cassieri e commessi cercando di sedare gli animi di quella che sta per degenerare in una guerra civile. Alle 7 e 01 il primo reparto ad essere preso d'assalto è sempre quello della panetteria. Ecco il segreto di arrivare presto, il pane. Nonostante il supermercato sforni 4 tonnellate di pane al giorno, alle 7 e 02 sono finiti arabi, ciabatte e montanari dalla crosta ruvida, e restano praticamente solo le baguette. Gli anziani più furbi (le donne) hanno fatto l'en plein di numeri per i banchi, avendo preso contemporaneamente quello della panetteria, della gastronomia, dei salumi, della macelleria e del banco del pesce, così quando viene chiamato il numero 2 contemporaneamente dai vari banchi si assiste ad una specie di ruba bandiera collettivo. Mummie che saltellano da un banco all'altro per anticipare il competitor di turno ordinando contemporaneamente una ciabatta, due etti di crudo, un'orata, un cucchiaio di robiola e due melanzane grigliate. Anche se la scena madre di tutti gli anziani al supermercato è e sarà sempre -senta mi dà un po' di crudo per favore? - e la povera commessa (Dio ce l'abbia in gloria) che sa già quale pantomima dovrà affrontare risponderà con fare gentile -cose le do stamattina signora Maria? - -eh da qui non vedo purina, cos'ha in offerta?- -allora oggi abbiamo il San Daniele...- -troppo stagionato quello...- -ho del

Parma…- -troppo dolce…- -del Norcia- -troppo morbido…- -del Toscano- -troppo duro…- -della bresaola- -troppo cara…- -signora non ne ho più…- -senta allora mi dia quel culaccino lì, però mi taglia le fette larghe e sottili che se non riesco a mangiarlo- -perfetto signora quanto gliene faccio?- -allora di quello me ne da 18 grammi… mi raccomando, 18- Ecco. Voi capite che razza di pazienza divina ci vuole a lavorare in un supermercato? Già ti sei alzata come minimo alle 6, hai portato fuori il cane che diluviava e quindi il fighetto non ha fatto i suoi bisogni, rientrati in casa si è lanciato sul divano e ti ha infradiciato tutta la coperta salvo poi cagarti sul tappeto. Dopo mezz'ora persa a pulire ti fiondi al lavoro e ti becchi la signora Maria che, prima crea una fila chilometrica per scegliere il prosciutto, poi te ne ordina 18 grammi. Tu lo devi sollevare dallo scaffale più in alto, perché rompono prima i coglioni per 15 minuti e poi scelgono ovviamente quello che sta nello scaffale più in alto. Tu sei piccola e quindi hai bisogno della scaletta, e prendi la scaletta, e solleva 25 chili di culaccino, e portalo giù, e pulisci la cotenna, e infilalo nell'affettatrice, e fai la fetta larga ma sottile, e prendi la fetta, e mettila sulla bilancia, e pigia il tasto pesa, e viene fuori 19 grammi e 2 milligrammi "aaaaaahhhhhh" si ode in tutto il supermercato il grido di dolore della signora Maria, un presunto svenimento. E via, corri a prendere i Sali per rianimare la signora Maria che per quel grammo e 2 milligrammi in più si è vista cadere il mondo addosso. Una volta ripresasi ti dirà -eh però io avevo chiesto 18 grammi, non ci siamo mica- -ma signora è una monofetta come faccio a toglierle l'eccesso? - -eh tesoro questo è un problema tuo, io comunque pago per 18 grammi-. E sarà così al pane, al pesce, alla macelleria, alla gastronomia, insomma in tutti i reparti che prevedano un'interazione umana. Ma abbandoniamo i banchi e passiamo al reparto ortofrutta. Qui potrete assistere al più grosso abuso di frutta e verdura da parte degli anziani nei confronti di giovani primizie che nemmeno al Vaticano (oddio qui ho spinto parecchio forte). Vedrete i vecchietti maschi palpare e tastare ripetutamente pere e meloni, voi pensavate che lo facessero per sentire se erano mature vero? Ma va là, è un esercizio sessuale atto a sentirsi ancora vivi. Difatti dopo aver tastato circa 400 pere solitamente ne comprano una, e quasi sempre è l'ultima. Le signore invece si dedicheranno ad esaminare banane e zucchine, con queste ultime che spesso vengono letteralmente molestate. Sapevate che in natura le zucchine sono tutte bianche? Quelle che trovate verdi e che di solito vengono messe in un cassone a parte sono diventate verdi dalla vergogna a forza di esser state molestate dalle vecchiette. Se andaste a fare la spesa alle 7 della mattina come me e i vecchi lo sapreste. Ecco che, una volta finito di importunare commesse, orate, zucchine e patate il nostro esercito di anziani si dirige verso le casse. È qui che scatta la vera competizione. Carrelli che sfrecciano per le corsie a modi Fast and Furious, alcuni truccati con Olio d'oliva versato sulle ruote per farli correre più velocemente e ali razza montate sul manico a modi alettoni per rendergli più aerodinamici. È una corsa contro il tempo per chi arriva primo, perché va bene fare 30 minuti di fila fuori, ma giammai fare un secondo di fila alla cassa, no quello mai. -buongiorno signora Maria, sono 21 € e 67 centesimi- dirà la cassiera con tutta la sua gentilezza, e lì comincia un altro, fatale dramma. Prima tira fuori 50 € che ha appena ritirato dall'Inps e poi pronuncia la fatidica frase -ho gli spicci-. Dalla borsa tira fuori un secondo borsellino pieno di monete da 1, 2 e 5 centesimi, e così comincia la conta, 20 e 1, 20 e 2, 20 e 5, 20 e 6 fino ad arrivare a 21 € e 67 o fino a quando la cassiera non si suicida tagliandosi le vene con il rasoio elettrico che di solito si vende prima delle casse. Avrebbe anche una moneta da 2 € la signora Maria, ma col cazzo che te la dà, piuttosto la ingoia. E poi via, alle 7 e 15 si trovano tutti fuori dal supermercato, per tornare a casa sulle pandine verdi (sempre che non siano già sul camion del vetro) mentre fuori deve ancora albeggiare, chiedendosi per l'ennesimo giorno come fare a far sera, e dandosi appuntamento al giorno dopo, per una nuova sfida al supermercato, la sfida all'alba dei morti viventi.

"Mia nonna ha novant'anni e sta frequentando un tipo di 93. Sono molto felici, non discutono mai, di fatto non ci sentono."
Cathy Ladman

25. L'uomo RoboCup

Se avete o avete mai avuto figli piccoli, genitori anziani, nonni, parenti, mogli, mariti, o semplicemente avete mai avuto necessità per voi stessi allora sapete di cosa sto parlando. Il CUP, acronimo di Centro Unico di Prenotazione non è un banale ufficio della sanità pubblica ma è molto, molto di più. Io vi auguro con tutto il cuore di non averne mai bisogno in vita vostra, per due ragioni principalmente; significa che state bene, e se state bene almeno non rischiate di ammalarvi dopo averci avuto a che fare. Per prima cosa è quasi impossibile parlarci al telefono, o almeno, se chiamate Mario Draghi durante un Consiglio dei Ministri è più probabile che vi risponda prima lui del centralino del CUP. Sul sito internet dedicato solitamente ci sono 12 numeri diversi, 11 dei quali inesistenti e uno che risulta essere sempre occupato. La voce della segreteria telefonica che vi "risponde" dopo un'attesa di circa 3 minuti con musichette simil requiem, alla velocità della moviola in campo dice più o meno cosi "buongiorno, ha chiamato il CUP (e grazie al cazzo) prema uno per appuntamenti, due per chiarimenti, tre per amministrazione, quattro se ha già un appuntamento, cinque per annullare un appuntamento, sei per annullare l'annullamento di un appuntamento, sette per segnalare un decesso, otto se lei che sta chiamando è il defunto, nove per riascoltare il messaggio, altrimenti resti in attesa per essere messo in contatto con un nostro operatore". Dopo 6 minuti di messaggio e 5 di attesa accompagnato dalla musica da requiem aspettando la risposta dell'operatore, riparte la segreteria "al momento tutti i nostri operatori sono occupati, resti in linea per non perdere la priorità acquisita, grazie". Ecco, dovuta parentesi su "la priorità acquisita", chi l'ha inventata è un genio, è dai tempi di Antonio Meucci che ce la menano con sta balla della priorità acquisita, e la gente ci crede. Passano altri 5 minuti, ecco, suona libero, è il tuo momento, sei eccitato "al momento tutti i nostri operatori sono occupati, resti in linea per non perdere la priorità acquisita, grazie" tu inizi a soffiare. Solitamente questi soffi sono accompagnati anche da imprecazioni verso il telefono e gesti eloquenti di andare a quel paese. Passano altri 5 minuti e, come per magia, altro messaggio registrato "al momento tutti i nostri operatori sono occupati, provi a richiamare più tardi, grazie" tu tu tu tu tu. Ma come? Prima mi fai ascoltare 3 minuti di requiem, poi 6 di lagna sul numero da premere, poi altri 15 di attesa per dirmi di richiamare più tardi buttandomi il telefono in faccia? Ma vai a cagare va… dopo aver perso 24 minuti di vita per sentirti prendere per il culo da una segreteria telefonica decidi di andare di persona al CUP. Gli orari sul sito internet sono abbastanza chiari: siamo aperti da lunedì a venerdì dalle ore 07:30 alle ore 12:45, tranne il martedì e il giovedì, il mercoledì dalle 12:45 alle 13:00, il sabato dipende, trenta giorni ha novembre con april, giugno e settembre, di ventotto ce n'è uno tutti gli altri ne han trentuno. Va beh… è lunedì mattina, sono le 8 e 20 e decidi di andare. Nonostante il CUP sia a soli 2 km da casa tua troverai parcheggio a circa 3 km in quanto nel frattempo ti hanno fottuto anche quello sotto casa. Arrivi al CUP alle 9 e 45 munito di tutti i documenti del caso, ma visto che la fila fuori dal CUP arriva più o meno sotto casa tua ti metti in fila e ne approfitti per leggere la posta. Alle 11 riesci ad entrare dentro la struttura dove prendi finalmente il famoso "numerino" dalla macchina che distribuisce i numeri in base alle esigenze. Tu devi solamente cambiare il medico di base e ti viene assegnato il numero H28. Nei tabelloni vengono mostrati A12, B24, C96, E32, dell'H non c'è traccia, pazienza. Aspetti, aspetti, aspetti, aspetti, aspetti, quando da uno sportello finalmente uno si leva dalle balle, e tutti a testa insù a scrutare il tabellone sperando che esca la propria lettera. All'unisono parte un "oooooohhhhhh" di attesa come quando Grosso tirò il rigore a Berlino, e dal tabellone esce il numero A13, sembra la battaglia navale. Così, dopo interminabili, infiniti, eterni minuti, scorrono via via i numeri sul tabellone, B25, C97, E33 etc. tra l'ilarità dei presenti si odono "ambo", "cinquina", "affondato l'incrociatore", tu hai le palle che strisciano in terra. Sono le 12 e 44 minuti, dal tabellone spunta H28, è il tuo turno, sei quasi commosso. Corri come un disperato per raggiungere il tuo sportello ma quando arrivi c'è ovviamente un'altra persona al posto tuo. -Scusi toccherebbe a me- dici con fare educato e contemporaneamente scocciato -guardi, guardi qui ho il numero H28- mostrando con orgoglio il tuo bigliettino che ti certifica e autorizza a stare lì. Lui niente, non fa una piega come se tu stessi parlando con il muro; dopo un tuo sollecito e con l'aria di chi se ne sbatte altamente i maroni si gira e ti fa -ma io devo solo chiedere una cosa al volo- tu no invece... tu sei lì da 4 ore sperando di limonare la donna baffuta che lavora allo sportello... che nervoso, che voglia di uccidere qualcuno. Così ti calmi, fai un bel respiro e aspetti. Finalmente il rompicoglioni maleducato si toglie dal mezzo alle 12 e 50 e tocca a te -senta scusi, io dovrei solo cambiare il medico di base- dici con fare esausto -ma perché non l'ha fatto al telefono scusi? - in quel momento capisci come si sentiva Micheal Douglas in un giorno di ordinaria follia. Vorresti spiegarle che il centralino del CUP fa letteralmente schifo ma non ne hai più voglia di lottare, così ti limiti a ribadire -la prossima volta farò al telefono, ora possiamo cortesemente procedere al cambio del medico per favore? - e lei, la donna baffuta ti guarda, indica l'orologio posto in alto nel salone e dice -sono le 12 e 50, lo sportello chiude alle 12 e 45, torni domani, grazie- e così facendo se ne va, lasciandoti solo, dietro quel plexiglass, triste, abbacchiato, abbandonato, affranto. Da uomo di grande calma e comprensione decidi comunque di prenderla con filosofia. Esci dal CUP e ti incammini verso il primo distributore. Prendi una tanica di benzina da 10 litri e compri due accendini antivento. Poi ti rechi in ferramenta e acquisti una catena di ferro di quelle che vengono usate per sollevare i carichi pesanti e torni al CUP. Ti cospargi di benzina e ti leghi come Copperfield al portone del CUP che nel frattempo ovviamente ha chiuso e aspetti il giorno dopo in segno di protesta. Durante la notte perderai qualche litro di benzina poiché un paio di zingari ti hanno strizzato vestiti e capelli per riempire qualche bottiglia a tue spese ma sei ancora bello impregnato. La mattina successiva verso le 07 e 25 il primo impiegato del CUP che deve aprire il cancello per entrare guardandoti ti dirà -aveva bisogno? - e tu -devo solo cambiare il medico di base, aiutatemi- e lui, incurante della tua condizione replicherà -apriamo tra cinque minuti, può mettersi in fila e prendere il numerino, oppure telefonare al numero verde e fare il cambio via telefono-. *"Padre, perdonali, perché non sanno quello che fanno"* saranno le uniche parole che ti verranno in mente. Aiutato successivamente da qualche buon'anima a slegarti e a scendere da quell'improbabile teatrino entrerai e prenderai il tuo numero come una persona normale. Sei ovviamente il primo della fila e stavolta il tuo numero viene chiamato subito. -Buongiorno, in cosa posso aiutarla?- chiede la donna ex baffuta che almeno deve aver speso il lunedì pomeriggio per andare dall'estetista -sono sempre quello di ieri, devo cambiare il medico di base- -ah sì mi ricordo, bene, quale medico ha scelto? - -guardi, non ne ho idea, uno vale l'altro, basta che facciamo in fretta perché a casa non mi vedono da 24 ore e avranno già avvisato chi l'ha visto, me ne dia uno a caso, può essere anche Josef Mengele o il Dottor morte- -Perfetto signore, allora, questo Mengele non è registrato in questa Usl, ma il Dottor Franco Morte invece ha posto, la segno presso di lui allora?- -sì sì, va benissimo, grazie, grazie mille e complimenti per il nuovo pizzetto-. Ce l'hai fatta, hai finalmente il tuo medico di base. Mentre esci tutto soddisfatto, passi vicino a quei baracchini automatici con le tre faccine dove ti viene chiesto di esprimere la tua esperienza al CUP. La verde sorridente per esprimere gradimento massimo, la gialla incerta per un'esperienza così così, e la rossa incazzata nera per dirgli che ti fanno schifo. Ma dopo quell'esperienza terrificante tu non sei più un essere umano, ore sei un uomo RoboCup, così sradichi il baracchino dal pavimento per portarti via un ricordo di quell'esperienza ultraterrena al grido di "Vivo o morto tu verrai con me."

"Ci sforziamo di conservarci in salute per poter morir bene di radiazioni o di aria avvelenata"
Guido Ceronetti

FINE
(ED ERA ORA)

RINGRAZIAMENTI E DEDICHE

Mi sembra scontato, quasi banale dire che i ringraziamenti per questo piccolo estratto di sociologia cognitiva scritta in modalità totalmente idiota vanno ai protagonisti diretti e indiretti raccontati all'interno del libro. Un ringraziamento speciale anche a mia zia Patrizia per avermi fatto le illustrazioni/vignette per ogni capitolo. Nella prefazione, oltre ad augurarvi buona lettura vi avevo chiesto di non prendervela se vi foste rivisti in uno o più di questi 25 casi umani, perché se così è stato o se avete riconosciuto in persone a voi vicine i miei personaggi allora significa che il libro ha funzionato. Spero che, leggendo questo libro abbiate passato qualche ora di spensieratezza tra una risata e l'altra, senza pensare ai problemi della quotidianità. Qualora non vi fosse piaciuto invece potete chiedere un rimborso all'autore, sempre che non sia già scappato a Ibiza con i proventi del libro, o nel peggiore dei casi, lo potrete trovare su una palma alle Seychelles.

Dedico il mio secondo libro a tutta la mia famiglia, a mia moglie e alle mie due bellissime figlie che hanno la virtù di sopportarmi tutti i giorni... già, di sopportare me, io che dei Casi Umani sono il Presidente.

I 25 casi umani

1. La coppia
2. I genitori
3. L'uomo del Vinitaly
4. Lo scroccone
5. Il tifoso
6. Lo chef
7. Il commercialista
8. Il modesto
9. L'uomo che odia l'estate
10. Il giudice
11. L'uomo dello Zapping
12. Il viaggiatore
13. Il vacanziere
14. Il condòmino
15. Il telefonino dipendente
16. L'amico del porno
17. Il Grafico
18. L'Ingegnier(i)a
19. L'architetto
20. L'uomo righello
21. Le liste di nozze
22. L'ipocondriaco
23. Il Facebookiano
24. I vecchi al supermercato
25. L'uomo RoboCup

"E' meglio bruciare in fretta che spegnersi lentamente"
Neil Perceval Young

www.ingramcontent.com/pod-product-compliance
Lightning Source LLC
LaVergne TN
LVHW012117170826
845678LV00014BA/2988

* 9 7 9 8 4 0 8 4 8 4 5 0 8 *